El caso Bramard

AF275426

Crimen y Misterio

Davide Longo
El caso Bramard
Serie Los crímenes del Piamonte, 1

Traducción de Lara Cortés Fernández

PEFC Certificado

Este libro procede de
bosques gestionados
de forma sostenible

PEFC

PEFC/14-38-00305   www.pefc.es

La lectura abre horizontes, iguala oportunidades y construye una sociedad mejor.
La propiedad intelectual es clave en la creación de contenidos culturales porque
sostiene el ecosistema de quienes escriben y de nuestras librerías.
Al comprar este libro estarás contribuyendo a mantener dicho ecosistema vivo y
en crecimiento.
En **Grupo Planeta** agradecemos que nos ayudes a apoyar así la autonomía creativa
de autoras y autores para que puedan seguir desempeñando su labor.
Dirígete a CEDRO (Centro Español de Derechos Reprográficos) si necesitas fotocopiar
o escanear algún fragmento de esta obra. Puedes contactar con CEDRO a través de la
web www.conlicencia.com o por teléfono en el 91 702 19 70 / 93 272 04 47

Título original: *Il caso Bramard*

© 2021 Giulio Einaudi editore s.p.a., Torino
© por la traducción, Lara Cortés Fernández, 2023
© Editorial Planeta, S. A., 2023
   Ediciones Destino, un sello editorial de Editorial Planeta, S. A.
   Avda. Diagonal, 662-664, 08034 Barcelona (España)
   www.edestino.es
   www.planetadelibros.com

Adaptación de la cubierta: Booket / Área Editorial Grupo Planeta
Fotografía de la cubierta: © Dirk Wustenhagen / Trevillion Images y © Elnur /
   Shutterstock
Primera edición en Colección Booket: mayo de 2024

Depósito legal: B. 6.543-2024
ISBN: 978-84-233-6520-3
Impresión y encuadernación: CPI Black Print
Printed in Spain - Impreso en España

Biografía

Davide Longo nació en Carmagnola, Turín, en 1971. Su trayectoria le ha valido múltiples galardones, entre ellos el Premio Grinzane Cavour a Mejor Primera Novela, el Via Po, el Premio Lucca, el Premio Ciudad de Bérgamo y el Premio Viadana. Ha realizado documentales y escrito guiones para teatro, colabora en medios como *La Repubblica*, es autor de libros infantiles y ha participado en diversas antologías de cuentos. Vive a caballo entre Turín, donde imparte Escritura Creativa en la prestigiosa Scuola Holden, fundada por Alessandro Baricco, y su casa en el valle Varaita, en la que ha creado Alfabaita, un proyecto de residencia artística. Su aclamada serie policiaca *Los crímenes del Piamonte* está compuesta, hasta el momento, por los títulos *El caso Bramard*, *Las bestias jóvenes* y *Pura rabia*, todos ellos publicados por Ediciones Destino.

A Sandro, a Dario, amigos, maestros

With a deep distrust and a deeper faith.

Beppe Fenoglio

I

La puerta entreabierta de la cabaña. El cuerpo extendido en la luz diáfana de la tarde. El dibujo de los cortes en su espalda desnuda. Cabellos negros esparcidos alrededor.

Dar unos pasos titubeantes, tratando de no creer; caer después de rodillas y quedarse así, con las manos inútiles en los costados, sin dejar de mirar; tal vez igual que Héctor, que fue incapaz de bajar los ojos ante el afán con el que Aquiles se disponía a pararle el corazón.

2

La alarma del despertador sorprendió a Corso tumbado en el saco de dormir, con las manos en la nuca, ocupado en contemplar su propia respiración, que se condensaba en el aire frío y se elevaba hacia lo más alto para desaparecer en medio de la oscuridad.

Una hora antes, tal vez dos, el grito de un animal que bramaba desde muy lejos lo había sacado del sueño; ya despierto, había permanecido escuchándolo, inmóvil, imaginando algo a punto de morir o de dar a luz, hasta que el grito se apagó y solo quedó la respiración afanosa del viento.

Corso silenció la alarma con un gesto preciso de la mano, encendió la linterna y echó una ojeada al Cyma que llevaba en la muñeca. Marcaba la una y cincuenta y siete. El viento había cesado de soplar y desde el exterior de la tienda llegaba un silencio de sonidos infinitesimales.

Posó la mirada en el libro que la noche anterior había dejado abierto junto a la cantimplora, con las páginas hacia abajo y divididas de forma desigual, como las alas de un pájaro destinado a volar en círculos.

En las últimas líneas la mujer le contaba a su marido, recién llegado de un largo viaje, que durante su ausencia su hija había sido en todo momento buena y dócil, pero que casi no había probado bocado y que cada vez que alguien le había propuesto algo había respondido: «¡Ni hablar!». El hombre la escuchaba, sentado en el sofá; después, se quitaba los zapatos y hacía un comentario que no servía para resolver el problema.

Corso se masajeó el cuello. Dos gotas de vapor condensado corrían por la lona de la tienda, como insectos de caparazón translúcido. Después extrajo los pantalones y los calcetines del saco, que había guardado consigo para mantenerlos calientes, se vistió, preparó la mochila y salió.

Afuera, la luz de la luna revestía del mismo tono gris cada objeto.

Encendió el hornillo, que había dejado al abrigo de una roca, y, mientras la llama crepitaba, bajó al lago, donde llenó de agua un cazo y se lavó la cara. En el espejo de las aguas, apenas algo mayor que el recinto de una feria de pueblo, se expandieron círculos del color de la luna. Pero cuando Corso se levantó para regresar a la tienda, la superficie volvió a quedar oscura e inmóvil.

Dejó caer en el cazo una bolsita de té y estudió las montañas a su alrededor: cumbres de algo más de tres mil metros, antiguas, elevándose sin ímpetu, recorridas por vetas de níquel ennegrecidas por el agua.

Valoró la cumbre por la que había decidido ir hasta allí. La noche anterior, durante la puesta de sol, tuvo la impresión de descubrir en ella un punto de belleza, aunque de esa que requiere paciencia para ser comprendida. En aquel momento, sin embargo, no le parecía más que un triángulo de frías tinieblas.

—¿De verdad eres fea? —le preguntó.

La montaña se quedó mirándolo, silenciosa, con su silueta tan punzante como su nombre de cinco letras. Corso asintió; pronto lo comprobaría. Después se alejó unos pasos, se abrió el pantalón y orinó. Por encima de él la noche era límpida; las nubes, lejanas y estáticas. Unas pocas estrellas brillaban en la parte más oscura del cielo.

Sacó de la mochila la tienda, el saco y el hornillo y lo escondió todo bajo una roca a los pies de la pared; después echó un último vistazo a la falda de piedras que ya había recorrido y comenzó.

Los primeros metros los ascendió poco a poco, casi con indolencia, para permitirle a su cuerpo entender lo que le estaba pidiendo. La roca, fría pero sin hielo, daba a los dedos exactamente aquello que prometía; así pronto su mente se deslizó hacia la blanca estancia por la que había decidido ir hasta allí: una habitación silenciosa y sin puertas, con un único cuadro colgado, de gran tamaño, y con todo el tiempo del mundo para recorrerla hasta el final.

Se dio cuenta de que estaba cerca de la cima cuando distinguió la cruz de metal que una tormenta había arrancado unos años antes. Ahora colgaba del revés, sostenida por uno de los tirantes metálicos.

La rodeó por un corto camino en diagonal y, con una decena de presas, hizo cumbre.

Sacó el termo de la mochila, se sirvió té y contempló la falda de piedras a los pies de la montaña: los fragmentos de sílex, bajo el azul lunar, tenían el aspecto de lomos de animales de sangre fría que a lo largo de los siglos hubieran acudido a morir, los unos junto a los otros, en el cementerio elegido por el fundador de su estirpe. Más allá, el ópalo perfecto del lago, el sendero, el bosque y, finalmente, la carretera, en la que descansaba junto al puente su coche, diminuto y simple como un ladrillo. Vistos desde arriba, todos los objetos parecían quietos y anhelantes, como debió de ser antes de que brotase la vida.

Se pasó una mano por la frente, en la que el sudor era ya polvo duro.

Imaginó las últimas páginas de la novela: la mujer, en el centro de la sala; el hombre, que la escuchaba sentado en el sofá, con los pies apoyados en la mesa baja de cristal. Tras ellos, unas escaleras de colores claros; racionales y sin extravagancias, como todos los espacios de aquella casa.

Se imaginó subiendo esas escaleras y recorriendo el pasillo hasta llegar al dormitorio, en el que, tras una puerta entreabierta, dormía una niña de cuatro años, con la pierna izquierda fuera de las mantas.

Fantaseó con entrar y sentarse a su lado; con apartarle un mechón de su larga melena clara y acariciarle el hueco tras la rodilla, donde su piel, finísima, dejaba entrever el celeste de sus venas. Con apoyar después la cabeza sobre la almohada y quedarse así, a apenas unos centímetros de su rostro, escuchando el ligero aliento entre sus labios, hasta sentir que un mal oscuro le latía en el pecho, como un segundo corazón.

Levantarse entonces, acercarse a la ventana y comprender, al distinguir los faros del coche parado a la puerta de la casa, que una vez que saliera de allí nunca más se le permitiría volver a ver a la niña ni saber nada de ella. Nunca más.

Corso se puso en pie de un salto, con la boca muy abierta, como si se estuviera ahogando. La oscuridad en torno a él le pareció inmensa y lo invadió el deseo de saltar; después la visión de aquella única nube que llegaba del mar, sola, lenta, inocente, lo serenó. Dejó de temblar y el nombre de la niña desapareció de sus labios.

Al este, lejos de la llanura, brillaban, nítidas, las luces de pueblos cuyos nombres habría podido recordar con un poco de buena voluntad, y más allá de aquellas geometrías, la masa luminosa de la gran ciudad.

Les echó un último vistazo; a continuación se llevó la mochila a la espalda e inició el descenso.

Se había levantado viento y por el este la noche empezaba a cambiar de color. Desde muy lejos, por la ladera francesa, subían los ladridos de un perro, como el principio de alguna cosa.

3

Bajó rápidamente las cerradas curvas del camino de herradura, entre bosquecillos de alisos desde los que alzaban el vuelo los pequeños pájaros que habían pasado la noche al resguardo de los mochuelos. Unas semanas antes las vacas habían pisoteado el sendero y en el aire aún flotaba el frío olor del estiércol. Desde algún punto situado en medio de la oscuridad bajaba el eco constante de un río.

A unos cien metros del agua distinguió la silueta de un pequeño todoterreno, aparcado junto a su Polar. Apoyado en el capó, un hombre vestido de gris o de azul, con un gorro en la cabeza, lo miraba. La escopeta que llevaba a la espalda reflejaba la palidez de la luna con una suavidad que provocaba somnolencia.

Recorrió los últimos metros sin prisa.

El hombre lo esperaba en la barandilla del puente, mientras contemplaba la espuma bajo los arcos. Cuando Corso llegó a su altura, se sacó de la chaqueta una cajetilla e hizo ademán de ofrecérsela. Ante la negativa de Corso, levantó el rostro hacia el disco de la luna.

—¿Está usted casado? —preguntó.

Tenía un cuerpo enjuto y el pelo del mismo tono gris que el uniforme. Mediana edad.

Corso dijo que no.

—Ha hecho bien —le respondió aquel hombre mientras exhalaba el primer humo entre sus dientes mal repartidos—. No hay mujer que pueda comprender estos lugares como los comprendemos nosotros.

Mantenía la brasa del cigarrillo escondida en el hueco de la mano, a pesar de que no estaban en el puente exterior de un barco y de que no soplaba ni una gota de viento.

—¿De dónde ha bajado?

—De la Picca.

—¿La que está encima de la mina de hierro?

—Enfrente.

Dio una calada más larga.

—Tengo un hermano cura en Comiso —comentó—. Nos vemos poco, pero cada vez que lo hacemos le pregunto por qué ha tomado los hábitos. Y él siempre me responde que quien no ha recibido esa gracia no puede entender la alegría que supone servir a Nuestro Señor. —Con un chasquido de dedos hizo volar hacia el río lo que quedaba del cigarrillo—. Por eso no le pregunto a usted qué se le ha perdido allí arriba.

Corso hizo un gesto de asentimiento, que también era de despedida, y se encaminó hacia el coche. Mientras se desataba los cordones de las botas, el hombre se acercó a él y empezó a remover ligeramente con los pies la hierba de alrededor, como si hubiese perdido algo que tampoco mereciera demasiado la pena buscar.

—Hay una cabra salvaje muerta a los pies de la Picca, ¿la ha visto?

Corso se quitó los pantalones de montaña y se puso los vaqueros.

—No.

El agente forestal miró en dirección al profundo valle, en el que la luz se iba abriendo paso.

—Dos de Savona le dispararon y después fueron incapaces de ir a cogerla. Cuando les confisqué las escopetas, uno de ellos me dijo que no le diera sustos, que estaba enfermo del corazón —escupió—. Hacen que eche de menos a los cazadores furtivos de antes, los que te disparaban directamente.

Corso se abrochó las sandalias.

—Que tenga un buen día —le deseó.

Mientras salía de aquel claro, vio como el hombre se encendía otro cigarrillo. Lo mantuvo en el espejo retrovisor hasta que el puntito rojo de la brasa fue engullido por la oscuridad, a la que el día aún no había vencido; después abrió la ventanilla y apoyó en ella el codo.

Había visto aquella cabra la noche antes, cuando el sol, al ponerse, había teñido de amarillo el nevero en el que yacía el animal. Sentado fuera de la tienda, estuvo observándola durante largo rato, pero la cabra permaneció inmóvil todo ese tiempo, con la cabeza girada en dirección al valle, ya de la misma sustancia que las piedras y los huesos que apenas unos días antes había estado pisoteando. Un macho joven o una hembra, pensó entonces.

Encendió la radio del coche y condujo varios kilómetros escuchando una antigua canción de Françoise Hardy. Le hacía daño la letra, le hacía daño la melodía y también la cara de Hardy, que no conseguía apartar de su mente. Sin embargo, la escuchó entera.

Cuando la carretera penetró en un cúmulo de casa bajas, apagó la radio y redujo la velocidad hasta que se detuvo delante del último edificio, en el que resaltaba el logotipo amarillo de un teléfono público.

Desde los tiempos en los que se diseñó aquel logotipo, la compañía telefónica había cambiado ya de nombre dos veces. No se veía ninguna luz en las ventanas y, de no ser porque desde el interior llegaba una letanía en árabe, se diría que la casa llevaba años abandonada.

Se bajó del coche, cogió del suelo un poco de grava y la lanzó contra una de las ventanas; después se dio la vuelta y se dispuso a esperar. La vivienda de enfrente estaba reformada al estilo urbano: bajo el balcón, dos garrafas colocadas al revés para desaguar, una moto de trial y una caseta de perro de la que salía una cadena de hierro que habría podido sujetar un barco de vapor.

—Entra —ordenó una voz seca.

Corso subió los tres peldaños y llegó a una sala con una barra de bar y seis mesas, y paredes de las que colgaban cabezas de jabalíes, cabras salvajes de los Alpes, rebecos y animales de pequeño tamaño, a los que el taxidermista había inmovilizado en posturas astutas o feroces. El suelo estaba formado por baldosas con flores pequeñas. Además de un biombo plegable, se intuían un televisor y una antigua máquina para moler el trigo.

Corso se sentó en uno de los taburetes dispuestos delante de la barra.

El hombre, alto, viejo y delgado, estaba colocando una taza bajo la boquilla de la cafetera. Parecía que se hubiese escapado de un hospital, aprovechando una puerta que alguien se hubiera dejado abierta por error, y que no le había dado tiempo de peinar su cabello canoso ni de quitarse el pijama.

—¿Sabes quién hacía lo mismo que tú? —preguntó.

Corso buscó la música árabe que había oído desde fuera, pero el local estaba en silencio.

—Nino Oggero —se respondió a sí mismo el viejo—. Un rarito que se iba solo, sin decirle nada a nadie, hasta que un día ya no volvió. Tardamos una semana en encontrarlo. Se rompió la columna al caer del Traverso. A su madre no se lo dijimos, pero no le quedó ni una uña, de tanto que había arañado a su alrededor para intentar levantarse.

Puso el café sobre la barra.

—El hielo —y golpeó con los nudillos la encimera de madera— se le había pegado de tal manera que no conseguimos separarlo ni con la pala. Tuvimos que encender una hoguera, a ver si así había forma, pero los que tenían que vigilar el fuego por la noche se quedaron dormidos y, por la mañana, Nino Oggero ya no tenía pelo. La madre, después de verlo en el féretro con aquella cabeza achicharrada, ya no vivió más que para la iglesia.

Corso bebió un sorbo de café.

—¿La otra vez no fueron los pies lo que se le quemó?

El viejo lo escrutó, molesto, y luego dirigió la mirada al perro que estaba tumbado debajo de una de las mesas. Detrás de los cristales de las ventanas el cielo tenía ya una claridad difusa.

—Y tú, ¿qué miras?

El perro bajó los ojos culpables.

—Si lo dejo fuera, se queja del reúma. —El viejo sacudía la cabeza—. Si lo dejo dentro, se queja porque su naturaleza le pide estar fuera. Lo que tendría que hacer es llevarlo al bosque con mi pala. Y sería mejor todavía que alguien hiciese lo mismo conmigo. ¿Quieres comer algo?

—¿Qué tienes?

—Ha quedado jabalí.

Corso entró en el baño, se quitó el jersey y la camiseta de media manga y se lavó con la pastilla de jabón que había en el lavabo. Limpió de sangre coagulada la herida que se había hecho en la base del pulgar y la envolvió en un pañuelo.

Cuando regresó a la sala llevaba una camiseta limpia.

—En el puente había un agente forestal nuevo —comentó volviéndose a sentar en el taburete.

De la cocina llegaba el chisporroteo del aceite en el fuego. Poco más tarde el viejo apartó la cortina con el codo y colocó en la barra un plato en el que la carne nadaba en medio de un caldo color mercurio. Dispuso una cesta con pan junto al plato.

—Dice que ha cogido a dos cazadores furtivos de Savona con las manos en la masa.

—¡Claro, claro! —asintió el viejo.

Corso dejó caer varios trozos de pan en el plato.

—¿No es verdad?

—Esos dos no saben ni por dónde agarrar una escopeta.

Corso cogió uno de los vasos que se estaban escurriendo sobre el fregadero. El viejo vertió en él un dedo de sirope de tamarindo y después lo diluyó con agua. Ahora la bebida tenía el mismo color que las camisetas de los jugadores que aparecían en la foto apoyada sobre el gran espejo.

—¿A que no sabes por qué lo han destinado aquí?

Corso negó con la cabeza.

—Su cuñado había conseguido los contratos de reforestación y él le proporcionaba trabajo. Pero como no lograron pillarlo con las cerillas en la mano, nos lo mandaron a nosotros.

Corso se sacó de la boca un clavo de olor y lo

colocó en el borde del plato. Nunca le había gustado.

—¿Y qué tiene que ver eso con los dos de Savona?

—Es para que te hagas una idea del personaje. —Cesare resopló—. Seguro que disparó él mismo a la cabra salvaje, después se dio cuenta de que era incapaz de llevársela, encontró a esos dos que estaban jugando a la oveja y al lobo en el bosque y los metió de por medio para aprovechar la situación.

—¿Cómo que estaban jugando...? —empezó a decir Corso, pero vio la sonrisa descarada de Cesare y lo comprendió.

Aunque su rostro mostrase uno por uno sus años, en sus ojos parecían brillar todavía las insolencias características de la juventud.

Se comió todo lo que había en el plato.

—Antes de que te vayas, quiero enseñarte algo —le propuso Cesare cuando se dio cuenta de que estaba haciendo ademán de levantarse.

Salieron al patio trasero, donde bajo un cobertizo había varias bombonas de butano y un viejo congelador. El perro los siguió, olfateando melancólicamente las pantorrillas de Corso. La luz ya daba forma a los objetos, pero aún no color.

El viejo abrió el congelador y sacó de él un envoltorio de nailon atado con un cordón. Antes de poner el paquete en el suelo y abrirlo, le gritó al perro para que se apartase.

—Qué buen trabajo, ¿a que sí? —comentó.

Corso se puso en cuclillas y lo observó mejor.

—¿Era una oveja?

—Una bien grande.

Si no hubiera sido por algunos jirones de carne, se diría que aquello era una manta que había permanecido muchos días perdida en una carretera muy transitada.

—No sabía que hubiese perros capaces de hacer algo así.

—No, no los hay.

Corso miró al viejo.

—Son una pareja y un macho joven —confirmó Cesare—. Hay quien dice que vienen de los Apeninos, pero lo dudo. Hace unos años se repobló la zona del Mercantour. Yo creo que han atravesado la frontera.

Corso contempló el animal desmembrado.

—¿Nadie les ha disparado todavía?

—No se puede. Tenemos que conservar los cadáveres y ya verán si nos dan o no una indemnización.

Envolvieron de nuevo el cuerpo y lo metieron en el congelador. Desde la esquina en la que se había acurrucado, el perro los siguió con la mirada mientras regresaban a la barra. Tenía un ojo opaco, pero el otro parecía haber heredado su luz.

—Bueno, me voy —anunció Corso.

El viejo sacó de debajo de la barra una bolsa de tela.

—¿Te traigo más? —preguntó Corso.

—Sí, pero que sean cortos y hablen de sitios en los que haga calor. Todos los libros que me traes son largos y de sitios fríos.

—¿Cuánto te debo por la comida?

—Estamos en paz con los libros.

—Pero es que yo no te los regalo.

—No tengo ganas de discutir.

Tan pronto como estuvo fuera, Corso oyó como Cesare echaba el cerrojo tras él. Caminó unos metros en dirección al coche, pero después volvió sobre sus pasos. Llamó. La puerta se abrió de inmediato.

—Cuando he llegado he oído una música árabe.

Cesare hizo ademán de meterse las manos en los bolsillos, pero su pijama no tenía ninguno.

—He puesto una antena parabólica —contestó.

—¿Para ver la televisión árabe?

—Me gusta ver a mujeres rellenitas bailando vestidas. Me recuerda a los viejos tiempos.

—¿Solo para eso?

—No hay otro motivo. Ahora vete, ya me has hecho perder un montón de tiempo.

4

Cuando lo vio salir de la maleza, rompiendo los arbustos con un fragor grandioso, Jean-Claude Monticelli calculó cuánto terreno podría recorrer el animal antes de desaparecer en el bosque, y se tomó el tiempo de disfrutar de su carrera salvaje.

Lo estaba esperando desde hacía más de dos horas: era un macho, con un lomo tan alto que podía llegarle a un niño por los hombros, con las patas fuertes y un tanto curvadas para proyectarse hacia delante. Un bloque de lava fría lanzado horizontalmente por una explosión.

Después oyó que se acercaban los ladridos de los perros y disparó.

Lo que sintió el animal, con toda probabilidad, fue un calor nuevo sobre el hombro; nada que pudiera hacerlo cambiar de propósito o dirección.

Jean-Claude Monticelli disparó por segunda vez y entonces una columna de líquido negro salió del cuello del jabalí, que tuvo un momento de debilidad, caminó unos metros más y se detuvo sobre sus patas, que ya empezaban a bailarle ridículamente. Sin embargo, en cuanto vio a los perros asomarse por la maleza, se repuso y agachó la cabeza para dar a sus colmillos la inclinación adecuada.

Al saberlo herido, los cuatro cazadores que estaban batiendo el terreno llamaron a sus perros. Todos les obedecieron, salvo dos jóvenes, excitados por el olor de la sangre.

Jean-Claude disparó entonces dos veces seguidas. El primer disparo alcanzó al beagle harrier en pleno vuelo y lo obligó a describir tres giros en el aire antes de arrojarlo contra el suelo, casi partido en dos. El segundo aterrizó en el centro de la cabeza del sabueso color arcilla, que se desplomó de una manera más convencional.

El jabalí se quedó mirándolos; después se derrumbó con el ruido sordo de un colchón que alguien hubiese dejado caer desde un primer piso.

Monticelli se acercó. No era de mayor tamaño que otros que ya había matado, pero su fuerza, incluso en ese momento en el que la vida lo estaba abandonando, le tensaba la piel hasta hacerla resplandecer. La espuma de la carrera le había dibujado trazos salinos sobre el pelaje. Tenía el pene erecto.

Monticelli se inclinó y le tocó la herida del cuello, de la que la sangre brotaba caliente, bombeada débilmente por los últimos latidos del corazón.

Los cazadores, a unos diez metros de distancia, habían atado a sus animales y estaban charlando en corro. Uno de ellos llevaba un perro mestizo al hombro: a primera hora de la mañana la pata del jabalí le había pasado por el costado, concediéndole un fin limpio y rápido. Difícilmente los dos a los que Jean-Claude había disparado recibirían las mismas atenciones.

Se levantó y le hizo al jefe un gesto para que se acercara. Con el cañón de la escopeta recorrió el cuello del jabalí, para dar a entender qué era lo que le interesaba.

—Y quinientos euros por los dos perros —dijo.

Cuando el cazador se lo tradujo al rumano a los demás, que se habían puesto a fumar, inclinaron la cabeza en señal de agradecimiento.

5

Corso tomó el camino agrícola y, tras un par de curvas, divisó la casa apoyada sobre la cima, como una
insignia en el hombro de un soldado. Una granja
como tantas otras: planta en forma de L orientada
hacia el sur, con las habitaciones en el ala corta, el
establo y el henil en la larga y un cobertizo que, a
modo de espejo, repetía esta estructura.

Detuvo el coche bajo aquel cobertizo, que en
otros tiempos había servido de almacén de barricas
y aperos de labranza, y se dirigió al edificio. El am-
biente general era el de un lugar en el que la vida
hubiese hecho escala para marcharse después a otro
sitio. Hacía quince años que Corso vivía allí. Cuando se mudó se limitó a darle un repaso al tejado,
encalar un par de habitaciones y clausurar las alas
que no iba a utilizar para impedir que entrasen en
ellas los animales. El resto se quedó tal y como su
madre lo había dejado un cuarto de siglo atrás:
manchas de humedad sobre el color crema de la fachada, canalones vacilantes y el lento brotar de la
hierba en el pavimento revestido de ladrillo.

Mientras atravesaba el patio advirtió las huellas que había dejado en el polvo la moto del cartero. Era una primavera insólita: seca, quieta y somnolienta como un verano. Tan solo las viñas parecían agradecer aquella aridez.

Pasó por delante del buzón, subió los escalones de dos en dos y entró. Lo recibió el olor fresco del salitre. Dejó la mochila y la bolsa con los libros a los pies del único sillón, se acercó al fregadero, bebió un vaso de agua y se dirigió al dormitorio.

Sacó del viejo armario una cartera de piel, de la que extrajo un estuche, varias bolsas de plástico y un par de guantes de látex, que se puso mientras volvía a atravesar la cocina.

El crujido de la llave en el buzón reverberó desde el patio hasta más allá de su contorno. Observó el sello rojo y el sobre, con la dirección escrita a máquina. Lo cogió y entró de nuevo en la casa.

Sentado a la mesa, lo abrió con un cúter que había extraído del estuche y leyó las dos líneas que aparecían en el centro del folio. Estaban escritas a pluma, con una caligrafía voluminosa, pero sobria. Volvió a meter la hoja en el sobre, lo introdujo en una de las bolsas de plástico transparente que había preparado y la cerró.

Mientras la guardaba oyó los ladridos del sabueso que los dueños de los huertos de la colina tenían como vigilante.

Desde la ventana que daba a la parte trasera vio a su tío bajando junto con Elio a través de lo que quedaba de la viña, como dos partisanos envejecidos que llevaran aún la misma ropa con la que habían abandonado su hogar. El tío vestía perneras de goma y un mono gris de mecánico, mientras que Elio, con una chaqueta de caza y pantalones caqui, parecía más bien un oficial inglés que acabara de aterrizar en paracaídas. El denso pelo de Elio, entre el verde polvoriento de la vegetación, era de un blanco cegador.

Cuando salió de casa los dos estaban ya en el patio.

—Es un crimen que dejes echar a perder una viña como esta —le reprochó Elio.

Corso lanzó una rápida mirada a la colina en la que los viejos postes de apoyo apenas se distinguían entre los arbustos secos; después estrechó la mano que Elio le tendía. El tío y él se saludaron con un movimiento de cabeza.

—¿Cómo está tu hijo?

Elio respondió que, exceptuando las minas, la situación estaba tranquila; luego esbozó una sonrisa que nada tenía que ver con lo que acababa de decir y volvió a contemplar la viña.

Era unos diez años mayor que Corso y diez menor que el tío; había enviudado y poseía una empresa vinícola. Además de esa empresa, le quedaban un hijo, militar profesional en Afganistán, y una hija casada en Luxemburgo, que siempre volvía para Semana Santa y para la vendimia.

Tras la muerte de su mujer, hacía ocho años, había caído en una especie de melancolía que le quitó las ganas de comer y de trabajar. Entonces la hija se lo llevó consigo y le hizo tratarse con un acupuntor vietnamita. Lo único que una persona que no lo conociera podría decir ahora de él era que se trataba de un hombre en paz, voluntarioso y con mucho pelo para su edad.

—Elio ha venido a hablar de un tema —explicó el tío.

Elio seguía mirando la colina.

—Quizá sea mejor que nos sentemos un momento.

Ya dentro, Corso preparó la cafetera y la puso al fuego. Elio y el tío se sentaron a la mesa. Salvando el frigorífico, la placa de cocina, la estufa, el sillón y el fregadero, en aquella habitación no había ningún objeto de grandes dimensiones, ni tampoco ninguno pequeño, como un cenicero o algún adorno colgado en la pared. No había cortinas. El suelo estaba formado por losas de terracota deterioradas.

—Muchos hombres de mi edad —Elio empezó a hablar—, y mayores incluso, van una vez por semana a la discoteca o al casino. Vuelven sin un duro, pero felices, y bien que hacen. Pero yo, si no estoy a las seis de la mañana en la viña y por la tarde en la bodega, tengo la impresión de haber desaprovechado el día. Es mi naturaleza. Cada uno con sus cosas.

Miró a Corso y después dirigió los ojos a sus propios dedos, que, recorriendo el dibujo del hule, lo ayudaban a recomponer su discurso.

—Sin embargo, con el tiempo —continuó—, uno se da cuenta de que hay que compartir las alegrías; si no, se vuelve un amargado. Así que me he dicho que, si el Señor no quiso que Caterina disfrutase hasta el final de nuestra fortuna, quizá yo podría compartirla con otra persona.

El borboteo del café subía lentamente. Corso retiró la cafetera del fuego, vertió el café en tazas y colocó el azucarero en la mesa. Los dos hombres se sirvieron, cada uno, una cucharadita.

—¿Quién es ella? —preguntó.

Elio miró al tío y, luego, a Corso.

—La rumana del bar.

Corso mantuvo un momento la taza suspendida en el aire; después bebió.

—Lleva un anillo de casada —observó, colocándose la taza en la palma de la mano y acurrucándola como un pajarito que aún necesita un nido.

—Su marido —confirmó Elio— desapareció con el dinero que ella le iba mandando para que construyera una casa. Nadie sabe qué ha sido de él, pero hay motivos para pensar que no volverá a dar señales de vida. Es lo que dice la mujer de uno de mis trabajadores, que es del mismo pueblo. Sus hijos están ahora en casa de la abuela, pero a ella le gustaría traérselos a Italia.

—¿Has hablado con ella alguna vez?

Elio se encogió de hombros.

—Un poco, cuando ha venido a vendimiar. Me parece que es una persona con los pies en la tierra. Sé que, cuando termina de trabajar en el bar, va a limpiar los gimnasios de los colegios. Yo, por mi parte, estoy dispuesto a acogerla en casa y a pagarles los estudios a sus hijos hasta cuando quieran. Ella puede trabajar en mi empresa o quedarse en el bar, lo que prefiera, y cuando sus papeles estén listos regularizaré su situación. Les dejaré la empresa a Cristina y a Davide, pero a ellos nunca les faltará de nada.

Corso llevó la taza al fregadero y fue a apoyarse en el arco abocinado de la ventana. Más allá de la carretera municipal no había viñedos, sino prados, y apenas unos árboles que señalaban las lindes. Al otro lado del patio, en un rincón del cobertizo, dos tractores que nadie había querido permanecían el uno junto al otro, como una madre y un hijo que no se parecen entre sí.

—Ya no se lleva eso de mandar casamenteros —advirtió—. Quedarás mejor si vas a hablar con ella en persona.

Durante largo tiempo la habitación quedó sumida en ese silencio que pueden guardar tres hombres que tienen muchas cosas que decirse, pero ninguna forma de hacerlo que les guste, hasta que Elio apartó la silla.

—Si hay un cuarto de baño —comentó—, voy un momento, con vuestro permiso.

Corso se volvió para señalarle la puerta de la habitación y después miró de nuevo al exterior. Tres niños pedaleaban en sus bicis de montaña, persiguiéndose por la carretera nacional. Se oía cómo el agua corría por el lavabo, detrás de la pared; el tío cambió de postura y la silla emitió un crujido.

—Cuando fuimos a Mango a por tu padre —dijo—, los rojos ya solo estaban esperando a que el alto mando les diese la orden de llevarlo al paredón. Éramos cinco: Graglia padre, los dos Oggero, el hermano mayor de Elio y yo. No había muchos que, tres días después de que hubiese acabado la guerra, tuviesen ganas de jugarse el pellejo para salvar a alguien que una semana antes les estaba disparando. Pero el hermano de Elio fue el primero que se subió a la vagoneta y se puso detrás de la ametralladora Breda. Sabía que, si las cosas salían mal, las primeras ráfagas de los rojos se dirigirían contra quienes estuviesen detrás de la Breda, pero aun así se puso detrás de la Breda. —Hizo entonces una pausa para recolocarse en la boca el puro Toscano—. Para él será algo bueno. Hacer lo correcto le viene de familia.

La puerta del cuarto de baño se abrió y los pasos de Elio atravesaron la habitación. Corso oyó cómo volvía a sentarse. El último niño se había caído y, desde el suelo, miraba a los otros dos, que se alejaban sin girar la cabeza.

—Sé que ya no se lleva —reconoció Elio—, pero estoy seguro de que, si tú vas a hablarle, podremos convencerla.

Corso siguió contemplando la carretera en la que el chico, que había vuelto a subirse al sillín, pedaleaba salvajemente hacia el pueblo con su única pierna, la derecha.

6

La última vez se encontró la estación cubierta por grandes lonas blancas y para salir era obligatorio recorrer un laberinto de paneles. Ahora, ya descubierta, Porta Nuova se parecía a las estaciones de todas las grandes ciudades: pladur, iluminación artificial, librería, bar, tiendas de ropa, comida japonesa, un supermercado y grandes marcas idénticas a otras grandes marcas. Del viejo, desnudo y grandilocuente atrio saboyano no quedaba más que el altísimo techo, iluminado por grandes vidrieras en las que, como siempre, retumbaba el tráfico somnoliento de Corso Vittorio.

Tomó un tranvía y dejó que lo depositara en el lado sombreado de una plaza redonda y soleada.

Con las manos en los bolsillos y las mangas remangadas hasta el codo, contempló el monumento, los cables circulares suspendidos y los bancos en los que se había sentado siendo estudiante, marido y, más tarde, padre.

Había amado aquella ciudad desde el primer día en que puso un pie en ella y hasta la noche en la que, precisamente en uno de aquellos bancos, reflexionó sobre cuál era el modo más práctico de quitarse de en medio. Entre aquel día y aquella noche, casi toda su vida; o, al menos, la parte que importaba.

Cruzó la calzada, tomó el muñón de calle que terminaba en un edificio de ladrillo macizo y subió los escalones hasta llegar al vestíbulo dieciochesco de la primera planta, humillado por grandes tablones de normativas y circulares. En el cubículo de plexiglás, un joven uniformado que parecía un pájaro prehistórico levantó los ojos de la pantalla.

—¿Qué desca?

Corso estaba a punto de responder, pero un ataque de tos los hizo a ambos volverse hacia una de las puertas, desde la que, apoyado en el marco, los observaba un hombre bajo y moreno.

—¿Otra vez aquí?

Corso asintió. El hombre sufrió otro ataque de tos y le hizo un gesto para que lo siguiera.

Recorrieron el pasillo; el hombre, basculando sobre su bajo centro de gravedad, con las piernas rechonchas y cortas, desgarbado como ciertas máquinas hechas para un trabajo extenuante; Corso, dos pasos por detrás: alto, con piernas equinas y unos hombros anchos que contenían la musculatura ligeramente curvada de su espalda.

Algunos de la vieja guardia, a su paso, levantaban la mirada de sus papeles y, desde detrás de las mamparas de cristal estilo americano de las oficinas, los veían desfilar. O les daban un toque en el hombro a los más jóvenes para decirles «mira quién viene por ahí». Pero siempre en silencio, como cuando pasa un cortejo que tiene como principio o como final una desgracia.

—Comisario Bramard. —Un hombrecillo frágil como un castillo de naipes se asomó al pasillo—. ¿Todavía estás en forma?

—Bastante, Pedrelli, bastante. —Corso le estrechó la mano sin aminorar el paso.

Antes de franquear la puerta en la que una placa anunciaba COMISARIO ARCADIPANE, Corso se fijó en una chica vestida de negro, con un corte de pelo que dejaba al descubierto la mitad de su cráneo y con una cucharilla enhebrada a su lóbulo. Estaba sentada en su puesto de trabajo junto a un policía de canas incipientes y tenía toda la pinta de encontrarse en el rompiente de un mar de problemas. Fue un pensamiento breve; después, Corso entró.

En la oficina, un pesado manto de calor y humo se posaba sobre el mobiliario años setenta.

—El aire acondicionado se ha estropeado —explicó Arcadipane—. Siéntate y no hagas ni un comentario al respecto.

Los dos lados de la sala que no estaban ocupados ni por la estantería ni por la ventana se habían dejado a merced de un sofá, en el que parecía que alguien hubiera apoyado una sartén al rojo vivo, y de una puerta lacada en gris, que Corso sabía que no conducía a ninguna parte.

Se sentó en una de las dos sillas que había delante del escritorio.

Arcadipane bajó la persiana enrollable para proteger sus ojos del sol y entornó la ventana. A continuación se acomodó en el sillón reclinable como solo puede hacerlo un hombre de cuarenta y tres años con un fuerte acento de la región sureña de Basilicata, un sueldo de dos mil cuatrocientos euros al mes y una infinidad de preocupaciones.

—Lo que me jode —empezó a hablar mientras se pasaba una mano por el poco pelo que le quedaba, concentrado en la parte posterior del cráneo— es que a ti no se te cae. ¿Cómo lo consigues? ¿Te lo lavas con la yema de los huevos de tus gallinas?

Corso apartó el cenicero repleto de colillas que tenía delante. Todo en aquella habitación apestaba a tabaco de pésima calidad y al ambientador que alguien había rociado para cubrir el hedor a tabaco de pésima calidad.

—¿Qué tal tu familia? —preguntó.

—Mariangela tenía un bulto en el pecho —resumió Arcadipane—, pero todo ha salido bien. La niña ha tenido ya su primera regla y Giovanni quizá no pase de curso, pero empieza a entrenarse con el equipo principal. ¿Tú sigues dando clases?

—Sí.

—¿Todavía a media jornada?

—Sí.

—Vale, ya nos hemos puesto al día. Ahora vamos al grano.

Corso se sacó del bolsillo el sobre de plástico y se lo tendió.

—¿Desde dónde? —preguntó Arcadipane mientras examinaba el sello de la carta.

—Rumanía.

—¿Y dentro?

—«*And mercy on our uniform, man of peace or man of war: the peacock spreads his fan.*»

—Los últimos versos de la canción de Cohen.

Arcadipane sopesó la carta y, a continuación, la dejó caer sobre el escritorio y sacó los cigarrillos del primer cajón. A pesar de su chaqueta y de su cuidado bigote, nadie podría haberlo confundido con un pianista francés: su cara provenía directamente de antepasados de frente tosca, piernas arqueadas y piel de un color que las contrariedades oscurecían enseguida. Sin embargo, tenía una mente aguda, y ese era el motivo por el que llevaba unos diez años sentado a aquel lado del escritorio, el motivo por el que Corso se lo había cedido sin dudarlo y el motivo por el que en aquel momento estaba allí.

—¿Cuántas van ya con esta? —quiso saber el comisario, que se encendió un cigarrillo Muratti utilizando un mechero con la imagen de san Pío de Pietrelcina, que después dejó caer en su bolsillo.

—Trece, cada una desde un país diferente —contestó Corso, que se apoyó en el respaldo para esquivar la primera bocanada de humo—. El periodo más corto entre una y otra ha sido de cinco meses, y el más largo, de un año y siete meses. La dirección del sobre se ha escrito a máquina, siempre con la misma Olivetti del 72, y los versos de la canción, a mano, con la misma Montblanc. Ni huellas ni restos de ADN. Los informes periciales caligráficos dicen que es un hombre: seguridad, dominio de sí mismo, perfeccionismo, control de las emociones, mente ágil, marcado narcisismo, corrección compulsiva y total ausencia de empatía emocional.

Arcadipane colocó el cenicero sobre una pila de expedientes provistos del sello de la jefatura de policía.

—¿No serás tú mismo? —repuso. En la zona más alejada del escritorio había varias fotos de fichas policiales y una carpeta cerrada con tres elásticos verdes. Dio un par de caladas más, muy reflexivas—. Tras veinte años a lo mejor podríamos plantearnos la hipótesis de que Otoñal sean varias personas, ¿no? Alguien que pasa a otros una especie de relevo.

—Podríamos, pero no.

Arcadipane cruzó las manos por detrás de la nuca y se puso a contemplar la esfera opaca de la lámpara. Desde la ventana, ruidos urbanos, un solo de tranvía y luego un claxon. Al otro lado de la puerta, teléfonos y voces.

—¿Es el momento en el que vas a aconsejarme pasar página? —quiso saber Corso.

Arcadipane lo miró de soslayo, sin cambiar de postura.

—¿Sabes qué probabilidad tenemos de coger a un asesino después de...?

—Hace siete meses era del cero coma tres. ¿Ahora es peor?

El comisario fumó, sin entornar los ojos.

—Tú eras el mejor. Y no lo conseguiste.

—Los mejores encuentran a la gente viva y cogen al culpable. Para encontrar cadáveres o ni siquiera eso, bastan los peores.

Arcadipane sostuvo la mirada de Corso; después volvió a dirigir los ojos al techo. Alguien caminaba en el piso de arriba. Tacones de mujer. El sonido se desvaneció. Desde la calle subían las voces masculinas de una pelea: una historia relacionada con un vado permanente.

—¿A que no sabes quién está cumpliendo condena en su casa desde la semana pasada? —preguntó Arcadipane, como si se estuviese dirigiendo a la nube de humo que colgaba del techo.

—Morabito.

—¡Así que lees el periódico!

—Lo he escuchado en la radio.

Arcadipane alargó el cuerpo en dirección a la carpeta cerrada con tres elásticos verdes y la atrajo hacia sí. Al hacerlo, golpeó el cenicero y un puñado de gris cayó sobre el escritorio.

—Nuestro amigo Morabito Antonio... —leyó en el expediente, sin prestar atención a la ceniza—. Cinco prostitutas asesinadas entre el 81 y septiembre del 83. Todas ellas apuñaladas en el vientre. Todas ellas con más de diez puñaladas: era un tipo generoso. Sexualidad reprimida, problemas de erección, odio hacia las mujeres..., no le falta un deta-

44

lle. Si no lo hubieses cogido, seguro que seguía. —Recorrió con los ojos toda la página—. Le cayeron veinticinco años, más o menos. Nada de enfermedades mentales. En la cárcel, conducta intachable, se ha sacado una carrera universitaria y colabora en la página web de un centro de apadrinamiento de niños.

—¿Qué carrera?

Arcadipane pasó un par de páginas.

—Psicología. —Y apagó la colilla—. ¿Qué te parece?

Corso se raspó con la uña una gota de resina que tenía en el pantalón. Los pinos. La montaña. El ascenso.

—¿Sabes qué diría un psicólogo? ¿Incluso si ese psicólogo fuese Morabito?

—Supongo que estoy a punto de descubrirlo.

—Diría que yo soy el último al que deberías pedir consejo, considerando que mi visión de la realidad está profundamente alterada por la autoagresión, la sensación de culpa, la falta de elaboración del duelo y unas diez disfunciones más que me convierten en una persona con trastorno límite de la personalidad. Y eso por no hablar de mi dificultad para gestionar las emociones, que en mí ya era un rasgo dominante antes de los hechos.

—He tomado nota. Pero ¿tú qué harías?

Corso observó la mancha blanca que había dejado la resina en la tela desgastada de su pantalón.

—Le pondría a un hombre durante un mes y echaría un vistazo al registro de llamadas y a las webs que visita. Si vuelve a empezar con las putas y el porno violento, tendría con él un par de palabritas.

—Pero no tiene por qué volver a empezar, ¿no?

Corso se levantó y se acercó a la puerta.

—¿Me llamas en cuanto tengas los resultados de la policía científica?

Arcadipane volvió a levantar los ojos hacia el techo.

—Cierra, que si no se va a ir este fresquito tan agradable.

7

El tren atravesó monótonos maizales que, al cabo
de unas semanas, tendrían la belleza del color rubio. Luego rodeó la silueta de la fábrica de fundición, empezó a frenar junto a las chapas de metal
del asentamiento chabolista y acabó deteniéndose
en la estación, bajo la sombra del gran almacén de
piensos, recién pintado.

Corso tomó el paso subterráneo junto a los operarios y los oficinistas que, después de trabajar,
volvían a aquel pueblo ni grande ni pequeño, ni
completamente agrícola ni tampoco ya industrial,
no tradicional, pero sí inmóvil.

Atravesó el ensanche, en el que había un bar,
un feo monumento a las tropas alpinas y un estan-
que circular donde nadaban unos peces con una
serie de protuberancias blancas que no deberían
tener, y llegó hasta el parking. Cuando la tierra
empezó a volverse roja y las casas se convirtieron
en granjas, se detuvo en un restaurante de carretera. Tomó unos aperitivos y pidió un filete marina-
do. El local tenía un teléfono público. Hizo una

llamada, pero al otro lado no respondió nadie. Al volver a la mesa se comió el filete que le había dejado la camarera, pagó y se fue.

Llegó a Santo Stefano poco después de las nueve. El aire estaba limpio y la luna era tan luminosa que se podía distinguir el perfil de las lejanas fortalezas que vigilaban la carretera hacia el mar.

Dejó la carretera municipal para tomar un camino agrícola marcado por profundas huellas de ruedas de tractor y aparcó en un pequeño ensanche con hierba, desde donde, a pie, empezó a bajar la colina. Dos o tres perros ladraban en las granjas, pero cuando llegó a la parte trasera de la vivienda todo estaba ya en silencio.

Silbó hacia la ventana de la segunda planta, en la que palpitaba la luz móvil de un televisor.

En el piso de debajo la luz estaba encendida, pero ni la vieja ni la cuidadora que vivían en él asomarían la nariz. En el pueblo se decía que la mujer tenía escondida en su casa una caja llena de marengos de oro heredados de su abuelo, que fue recaudador del rey, y que la cuidadora había sido la amante de su marido y decidió quedarse allí con la esperanza de descubrir, antes o después, dónde estaban ocultas aquellas monedas. Por miedo a los ladrones, ambas mantenían las luces encendidas durante toda la noche.

Tras esperar más de lo que le parecía razonable, Corso rodeó la casa y llamó al timbre.

—Corso —anunció al interfono.

Cuando llegó al rellano, la cara de Elena se asomó por la puerta entreabierta.

—Los miércoles limpio el gimnasio —dijo ella.

Corso miró el punto en el que su cabello rubio desaparecía tras su oreja izquierda; un cincelado sumamente preciso.

—Ya lo sé. Te he llamado por teléfono.

—Estaba duchándome.

—Solo necesito cinco minutos —aseguró él.

Sobre la mesa de la cocina había un plato sucio, un tenedor y una copa con un poco de vino. En el mantel, los restos de una manzana. Ella se sentó. Sus ojos tenían el color de la tierra recién removida, todavía caliente y oscura. Vestía una camiseta celeste de tirantes y un pantalón de chándal. Estaba descalza.

—Hay alguien que me ha pedido que te haga una propuesta —explicó Corso, que se había quedado de pie.

La habitación estaba decorada con muebles de segunda mano: el frigorífico era un modelo integrable, pero no se había integrado en ningún sitio. El televisor hablaba desde un rincón, a un volumen muy bajo.

—¿Quién?

—Elio Gallo.

—¿El rico ese que hace vino?

—Puede traerse a tus hijos a Italia para que estudien y, cuando hayas resuelto lo de tu marido, está dispuesto a casarse contigo.

Elena lo miró sin moverse.

—¿Y por qué vienes tú?

Tenía el cuerpo delgado y los ojos de una mujer propensa a la fragilidad y al futuro. Corso la amaba.

—Se lo debo —respondió.

—¿Le debes dinero?

—No, dinero no.

—Entonces ¿qué?

—No tiene importancia. Quería que te lo dijese y así lo he hecho. Eres libre de aceptar o de negarte.

Elena se levantó de la mesa, recogió el tenedor y el plato y los llevó al fregadero. Por debajo del escote de su camiseta, la piel era marfil.

—¿Y a mí no me debes nada? —preguntó mientras abría el grifo con la intención de lavar la vajilla.

—A ti te debo serte sincero y... lo he sido.

Ella hizo un gesto para apartarse de la cara algo que le estaba molestando. Sonrió.

—Cada vez que volvía, Adrian me llevaba a ver el bloque de pisos. Decía que en la última planta estaba nuestra casa. Bonitas vistas. Cerca del colegio de los niños. También él era sincero entonces.

Corso dio varios pasos hacia el fregadero, cogió la copa que había utilizado ella, volvió a llenarla y bebió. Sus hombros estaban muy cerca.

—Elio es una buena persona —aseguró—. Cumple sus promesas. Y eso mismo es lo que estoy haciendo yo.

Bajaron las escaleras, ella tras él, los pies tocando los peldaños al unísono. Se detuvieron frente a la puerta principal del edificio, en el círculo de luz de la única farola que iluminaba la calle. Ella se abrochó la chaqueta. En la mano derecha sostenía el casco; en la otra, la bolsa con la ropa de trabajo. Su rostro, en aquella claridad precaria, adquiría una palidez magnífica.

—Me tomo un mes —contestó.

Corso asintió. El campanario anunció una hora nocturna.

—Un tío mío era como tú. —Ella sonrió—. A su funeral fueron pocas personas y ninguna de ellas sabía quiénes eran las demás. Todos estaban callados porque tenían miedo de haberse equivocado de entierro.

Cuando oyó que la vieja Ciao arrancaba, Corso estaba ya subiendo la colina. Se detuvo y contempló el faro de la moto hasta que las primeras casas del pueblo lo engulleron. Pocos minutos después las claraboyas del gimnasio se iluminaron.

Dio media vuelta y siguió subiendo.

Las colinas de alrededor parecían ceniza. Indiferente, la luna.

8

Al abrir la puerta de la habitación, Jean-Claude Monticelli se encontró a la joven sentada en la cama, con las piernas cruzadas. Estaba viendo la televisión.

Parecía la hermana pequeña de la de la noche anterior: pelo rubio, pechos pequeños y altos, piernas de niña, zapatos de mal gusto, *leggings* y una camiseta de lentejuelas sin mangas. Sin embargo, esta tenía un maquillaje discreto y una mirada menos segura.

Jean-Claude cerró la puerta y dejó que se deslizara hasta el suelo el impermeable que se había puesto en el bosque cuando empezó a llover. Un agua paradójica, fina y fría, mientras el sol teñía de rojo la porción de cielo que estaba limpia de nubes. «Qué pena —pensó, ya casi al llegar a la altura de los coches—, no estar solo.»

La joven sacó los pies de la cama, sonrió e hizo un gesto como si preguntase «¿ha habido victoria?».

Jean-Claude le habló en inglés. Fue cuestión de apenas unos segundos. La chica cogió el dinero y se fue. Mientras se despedía, en sus ojos no hubo preguntas implícitas. Debía de ser frecuente que al volver de las cacerías la gente se sintiese cansada, que al principio pensase que sí y después decidiese que no, por motivos diversos, tal vez extraños, como la fidelidad, el miedo a no dar la talla o a enamorarse: todas aquellas eran cuestiones que a ella le interesaban poco y a él no le concernían.

Jean-Claude se dio una ducha, llamó por teléfono a Suiza desde su habitación, resolvió con un «sí» y con un «no» un par de asuntos del trabajo y luego bajó a cenar.

El comedor tenía dieciséis mesas, todas ellas dispuestas para dos personas. Lo acomodaron junto a la chimenea y se llevaron un cubierto. Mientras esperaba el plato de ciervo con verduras, se bebió media botella del vino tinto francés que había pedido.

Los hombres de aquella sala estaban, en su mayoría, en viaje de negocios y se sentaban a la mesa con mujeres jóvenes que se inclinaban hacia ellos como si su discurso incluyese alguna novedad sobre el santo grial o el asesinato de Kennedy. En realidad, los hombres hablaban en sus respectivas lenguas de los contratos que habían firmado ese día o de los que no habían conseguido firmar por culpa de la burocracia y de la corrupción del país en el que estaban cenando y en el que, por un precio razonable, aquella noche harían el amor.

Jean-Claude comió la carne de ciervo y salió a la terraza a fumar. Al otro lado de aquella galería exterior, apoyado en la balaustrada, había un hombre unos años mayor que él. Trabajaba en el mundo de los toros y del comercio de su semen. Tres días antes habían intercambiado algunas palabras, pero en ese momento se limitaron a fumar sus puros, cada uno orientado hacia un punto cardinal diferente de la ciudad.

El camarero se acercó: una llamada de teléfono.

Monticelli se dirigió a una de las cabinas de caoba y terciopelo rojo situadas frente a la recepción. Descolgó el teléfono y escuchó.

—¿La dirección? —preguntó cuando la otra parte quedó en silencio.

»Espero que esté él —dijo antes de colgar.

Tras salir de la cabina, se fue al bar. Muchos de los hombres a los que había visto en el restaurante se habían trasladado a la barra. Estaban bebiendo whisky, coñac o licores italianos. Las chicas habían pedido cócteles de colores. Empezaban a tener aspecto cansado y sonreían aleatoriamente.

Apoyó la espalda contra la balaustrada y volvió a encender el puro. Le pareció distinguir, en una de las mesas, a la joven de la habitación, o tal vez a su hermana, pero la primera bocanada de humo le borró aquel pensamiento.

Miró hacia la puerta que daba a la terraza.

La noche era tranquila; el jardín del hotel, silencioso; el muro que lo rodeaba y la vigilancia, tranquilizadores. Era maravilloso saber que más allá de aquel muro había una ciudad cuajada de olores, instintos e impunidad.

9

Sentado en las escaleras que había delante de la entrada, Corso observaba a los cinco estudiantes que acababan de aparecer al otro lado de la verja. Formaban un corro y fumaban sin hablar, y de cuando en cuando dirigían la mirada al edificio que se levantaba a sus espaldas, de cuya fachada pendían la bandera italiana, la bandera de la región y la bandera azul de la Comunidad Europea. Las luces del vestíbulo estaban encendidas, pero no había movimiento en su interior. El único ruido, el de los camiones articulados que pasaban por la circunvalación cercana.

Corso se sacó del bolsillo una gominola de regaliz y se la llevó a la boca.

No conocía el nombre de aquellos cinco, pero sabía que eran de un pueblo situado en la frontera con la provincia aledaña; un pueblo desparramado en el que había una pista de petanca, con capacidad para cincuenta espectadores en sus gradas cubiertas, y se cultivaban puerros. Sabía también que los llevaba el autobús de los operarios de la fundición. Y que este era el motivo por el que siempre eran los primeros en llegar.

Dos autocares, uno azul y el otro naranja, entraron en ese momento en la avenida.

Corso cerró los ojos y disfrutó del último crepitar intacto del aire de la mañana. Después los volvió a abrir y se quedó contemplando el río de pantalones vaqueros, mochilas y cazadoras que se derramaba desde el autobús.

Los chicos, en cuanto se bajaban, apoyaban la espalda en los barrotes, encendían un cigarrillo y, fingiendo hablar entre sí o ser muy solitarios, vigilaban las idas y venidas de las chicas, que corrían de un lado a otro para abrazar a sus amigas, desdeñar a sus enemigas y explicar sus innumerables historias. Algunas parejas recientes se besaban escrutándose desde cerca, con pericia entomológica. Otras de más largo recorrido se sentaban en el pequeño muro que había al otro lado de la carretera. Al fondo de los jardines había aparecido ya la manada oscilante de los alumnos que llegaban desde la estación. Entre ellos, un profesor caminaba con la cabeza gacha, solo como un sacerdote en una carroza de carnaval.

—¿Hoy nos haces el honor de venir a trabajar?

Se volvió. Una joven le sonreía desde la puerta, con una melena castaña que le caía más sobre un hombro que sobre el otro y con muchas pecas en su proporcionada nariz. Por detrás de ella se deslizó la bata azul de un bedel que atravesaba el vestíbulo con una cafetera italiana y dos tazas.

—Ya me has visto —respondió Corso mientras se ponía de pie—, así que ahora no puedo fingir que estoy enfermo.

Subieron las escaleras hasta la segunda planta. La sala de profesores estaba desierta, pero repleta aún de los olores del día anterior. En los cajones, además de los nombres de los profesores escritos en relieve sobre pequeñas bandas de plástico azul, destacaban viejas pegatinas: una Virgen del Jilguero, la lengua de los Rolling Stones, un pitufo que decía ODIO A LOS ALUMNOS y un logotipo del sindicato CGIL que no bastaba para cubrir la palabra *gilipollas* que alguien había escrito durante un encierro.

Sonó la primera campana, entraron dos compañeros. Hablaban de la representación de *La fanciulla del West* que habían visto la noche anterior con la asociación Amigos de la Lírica. Se quejaban de la escasa puntualidad del autobús.

Corso se quitó la chaqueta de pana con parches en los codos. Era la chaqueta para el instituto; la cazadora cortavientos la reservaba para todo lo demás.

Una chupa negra de cuero fue su uniforme de estudiante. Un chaquetón de piel vuelta, el de policía. Del breve periodo que pasó uniformado no recordaba gran cosa, aparte de la mala calidad de los cordones y la marca que le dejaba la gorra en la frente.

Se acercó a la ventana y observó a los estudiantes que empezaban a afluir hacia el edificio, la anti-

gua torre de la villa, el rectángulo gris de la coope-
rativa agrícola y el telón de los bloques de viviendas,
tras los cuales se distinguían los almacenes junto a
la estación.

—Preciosos, ¿a que sí?

Corso bajó la mirada unos grados, hasta el ventanal del colegio de primaria de enfrente, donde
los niños invadían las aulas, coagulándose en grupos de tres o cuatro, según misteriosas leyes que
debían de guardar alguna relación con la electricidad y los metales.

—¿Saco de dormir? —Monica le quitó una
pluma que tenía en el pelo.

—Sí.

—¿Montaña?

—Sí.

—¿Nos tomamos un café?

—Vamos.

Caminaron con cuidado para que no los arro-
llaran los adolescentes. Cuando llegaron a la máquina de café, estaba sonando la segunda campana.
Monica introdujo dos monedas y el paralelepípedo
empezó a verter, gota a gota, una sustancia de color
beis en el vaso.

—Hay un problema con Lafleur en la clase de
natación.

—¿Qué problema?

—¿Quieres la versión larga o la brutal?

—¿A ti qué te parece?

—Vale: tiene vello en algunas zonas, tipo áreas
inguinales, y los compañeros se ríen de ella.

Corso cogió el vaso que Monica le tendía.

—¿Y su familia?

—Ya he hablado con ellos. No quieren que se depile.

—¿Por qué?

Monica reflexionó mientras observaba la herida que tenía Corso en el pulgar.

—¿Me prometes que no te reirás?

—No.

—Tienen miedo de que se vuelva demasiado apetecible.

Pasaron tres chicas con la barriga al aire. Dos de ellas tenían aparatos de ortodoncia, la tercera era china. Corso introdujo otra moneda para un segundo café. Pasó también el bedel cojeando, con la expresión melancólica de un cantautor francés.

—¿No dices nada? —preguntó Monica.

—Eres tú la profesora de apoyo.

—Pero cuando no la enviaban al instituto fuiste tú quien se acercó a su asentamiento y los convenció.

—Intentaron venderme un reloj.

—Es su manera de mostrar hospitalidad.

—Y una moto.

—Pensaba que los gitanos te gustaban.

—¿Y qué más?

—Que eres arisco, pero también progresista.

Dos compañeros se acercaron. Uno era joven, daba clases de matemáticas y llevaba un chaleco de rombos. Aunque calvo, tenía una franja de pelo alrededor de la nuca, como un reposacabezas hecho jirones. En unas semanas la compañera con la que estaba hablando se jubilaría, después de treinta años en aquel instituto. Los colegas le organizarían una fiesta en el laboratorio y le entregarían un regalo que demostraría lo poco que sabían de ella. Y ella les daría las gracias de forma sincera.

El bedel que cojeaba volvió.

—¿Profesor Bramard? Tiene una llamada telefónica.

Corso se tragó el último sorbo y tiró el vaso a la papelera.

—¿Pensarás en el caso Lafleur? —preguntó Monica.

—¿Pensarás en que, por muy absurdo que te parezca, es posible que su familia tenga razón?

—Sí.

—Yo también.

El teléfono estaba junto al puesto donde dos bedeles se pasaban la mañana leyendo *Cronaca Vera*, una revista de sucesos. El auricular yacía sobre el escritorio.

—Aquí Bramard —se presentó Corso.

—Soy yo.

—Dime.

—En el sobre había un pelo.

Corso permaneció en silencio. Sonó la tercera y definitiva campana. Las aulas empezaron a succionar a regañadientes a los estudiantes.

—¿Cuánto tardaréis?

—Unos días. Depende de cuánto lío tengan en el laboratorio.

Uno de sus alumnos se asomó desde el aula del fondo. Corso levantó la mano e indicó por gestos que estaba allí, que ya iba.

El chico asintió, sin conseguir ocultar su decepción; después se fue a dar la mala noticia a sus compañeros.

10

Los tres días siguientes llovió; después, volvió el sol; después, llovió otra vez.

A Corso, el segundo episodio de agua le sorprendió en la montaña, mientras bajaba una placa inclinada. Se detuvo para esperar a que pasara el chaparrón, inmóvil como un caballo bajo el temporal, pero cuando comprendió que aquello iba para largo retomó el descenso, aunque por la otra arista, para no recibir la lluvia en plena cara.

En el bar de Cesare un grupo de jóvenes que aquella mañana habían decidido renunciar a la ascensión debido al mal tiempo bebían en un rincón. Estaban allí desde hacía muchas cervezas y llevaban un buen rato intercambiando confidencias en voz alta, pero el resto de los clientes no les hacían caso. Distribuidos en dos mesas, solo prestaban atención a las cartas. En los vasos, un licor de genciana que ralentizaba las sobremesas.

Tras entregarle a Cesare la bolsa con los libros, Corso fue al baño y se cambió la ropa empapada. Las gominolas de regaliz se habían convertido en una papilla granulosa que tiró al váter. Cuando volvió, el tamarindo lo estaba esperando en la barra.

Se quedó media hora disfrutando de la sensación de estar seco, mientras Cesare servía cerveza, genciana y coñac sin salir en ningún momento de la barra. Nada de atender en las mesas. A pesar de eso, no se dijeron nada, no hablaron del agente forestal ni de los lobos ni de la música árabe: entre ellos se daba por sentado que eran pocas las conversaciones que merecían ser retomadas. Cuando uno de los alpinistas se acercó a la barra para pedir otra ronda y le preguntó a Corso si volvía de alguna escalada, este le respondió que no.

—Ten cuidado, no vaya a ser que hagas amigos —le advirtió Cesare entre dientes, gastando así la mayor parte de las palabras que tenía previsto dirigirle.

De vuelta en casa, Corso corrigió los deberes en el frescor de la cocina, reparó una silla, preparó un examen de Historia sobre la guerra civil española y leyó tres cuentos de Maupassant. El segundo le recordó a uno de sus primeros casos. En él estuvieron implicados una puta (por aquel entonces ni se le hubiera pasado por la cabeza referirse a ella así), su chulo y un viejo que había sido chef en cruceros. Quien se murió fue el chulo. Aquel caso fue su bautismo de fuego. Fue entonces cuando se dio cuenta de que seguir un rastro suele ser muy doloroso: el viejo y la puta eran buenas personas, llenas de sentimiento y de mediocre inteligencia criminal; el protector, un canalla. Por la tarde tuvo la tentación de fingir que no había entendido lo que en realidad había entendido y, tras una noche dándole vueltas a la cabeza, llegó a la conclusión de que estaba en el punto de inflexión que podía convertirlo en un policía o en otra cosa. Así, a la mañana siguiente ordenó que los llevaran a la comisaría y los ayudó a parir los hechos. Necesitó mucho café, demasiados cigarrillos y una buena dosis de silencios, pero eran cosas que no le suponían un gran esfuerzo. Desde aquel momento se ahorró ese tipo de noches: conseguía lo mismo acortando los dolores del parto y alumbrando rápido la verdad. Después lo limpiaba todo, confiaba aquella verdad a alguien que supiese qué hacer con ella y se iba a dar una vuelta. Lo segundo que comprendió entonces era que seis de cada diez casos se pueden resolver gracias a alguna cosa que sabe una puta.

Por la noche se preparó dos huevos, que se comió con el pan de centeno de la semana anterior, mientras contemplaba la puesta de sol desde detrás de los cristales: un ocaso modesto, equilibrado. Luego lavó los platos, volvió a llenarse los bolsillos del pantalón con un puñado de gominolas de regaliz y apagó la luz.

Al igual que los días anteriores, durmió un par de horas y se despertó con la impresión de haber oído que el teléfono sonaba; después se quedó mirando la tenue luz que entraba por la ventana y volvió a ver el cabello de Michelle abandonado en el suelo, su espalda desnuda y aquellos cortes.

Muchas cosas habían perdido nitidez con el paso del tiempo, pero aquella imagen no. Y él sabía por qué.

El mecanismo es siempre el mismo: algo del exterior penetra en nosotros, resuena de una manera absolutamente inesperada y nos revela que no somos quienes creíamos ser. A veces se trata de una corrección de apenas unos grados; otras veces, de un cambio total de sentido. En cualquier caso, la imagen que teníamos se revela incompleta, cuando no del todo falsa, y nos descubrimos más imperfectos, frágiles y familiarizados con la oscuridad de lo que desearíamos. Es el ombligo de toda vida, el momento antes del cual pensamos que somos alguien que nunca más volveremos a ser. El final de la inocencia.

En su caso, los elementos que lo convirtieron en el hombre que era ahora no fueron, al contrario de lo que todos pensaban, la muerte de Michelle, la búsqueda infructuosa de Martina, la soledad, la pérdida del trabajo y, finalmente, la bebida. El ombligo coincide siempre con un instante: un impacto limpio, preciso, que desvía la línea de la vida haciéndola cambiar de dirección. El suyo llegó cuando, a través de la puerta entreabierta de aquella cabaña, había descubierto belleza allí donde el hombre que pensaba ser debería haber reconocido tan solo horror. Aquel fue el ombligo, el punto de inflexión de su existencia; tras él, la culpa se limitó a arrebatarle aquel instante al olvido, igual que la gota de ámbar condena a la eternidad al insecto que tuvo la ventura de acabar dentro de ella.

A las tres de la mañana, o tal vez a las cuatro, bajó a la bodega que antes albergaba las barricas y en la que las viejas estanterías, repletas de libros, tapaban las paredes hasta el techo.

Se detuvo ante el muro del fondo, vació una parte de la librería y apartó el mueble. Tras él apareció una puerta baja. La empujó y encendió el interruptor de la habitación a la que conducía.

El espacio, angosto y sin ventanas, contenía grandes cajas de cartón. Nada más. Cogió una de ellas y la puso sobre el suelo. El cartón estaba arrugado y gris por el polvo. Las esquinas, roídas por los ratones.

La abrió. Viejos elepés. Volvió a cerrarla.

La segunda contenía utensilios de cocina: varillas para batir, cucharas de madera, una báscula y la batidora con la que habían preparado las primeras papillas de Martina, los flanes que tanto le gustaban a Michelle, el puré de verduras, el gazpacho y las salsas para la carne del cocido. Había sido un buen cocinero, quizá también una buena persona; Michelle y él habían cocinado juntos; habían sido buenas personas juntos.

En una de las cajas que había debajo de las demás: zapatitos, gorros de ganchillo tejidos por la abuela de Lyon, pequeños guantes. Objetos magníficos y, ahora, espantosos.

Se acercó a la nariz un pelele amarillo. Solo olía a moho. La infancia, la leche, la caca, las regurgitaciones: olores ya desaparecidos. Un mecanismo elegido por la vida para continuar la vida, para generar nueva vida. Un mecanismo que, en su caso, no había funcionado.

Tardó media hora en encontrar lo que estaba buscando.

Cuando lo tuvo entre las manos, se sentó y abrió la carpeta en la que aparecía escrito OTOÑAL.

En una bolsa de plástico estaban las fotos de las mujeres, sus espaldas, los detalles de los cortes, de los pies, de las gargantas seccionadas y de sus cabellos, siempre negros, cortados y esparcidos alrededor. Después los informes de la policía científica, las inútiles transcripciones de los testimonios de los familiares, las fechas, los horarios, el mapa de las cabañas en las que se había encontrado a las víctimas, las imágenes de los objetos hallados en la escena del crimen, la fotocopia de las cartas que indicaban el lugar en el que encontrarlas, todas ellas escritas con una Olivetti del 72. Y, a continuación, sus cuadernos de apuntes, escritos a mano, en letras minúsculas llenas de lógica y confianza, cuajados de diseños, esquemas, tablas y citas literarias: un monumento a la arrogancia y al fracaso al que lo había conducido.

Tomó la carpeta consigo y salió al patio.

Un maravilloso viento casi estival hacía girar en círculos las copas de los árboles. Eran dos los vientos que se tocaban: uno, desde el mar; el otro, desde las montañas. El más frío vencía.

Antaño, además de marido, padre, buen cocinero y hombre que creía en más de una cosa, había sido fumador. Hacía dieciocho años que no se encendía un cigarrillo, pero ese día lo habría hecho de buenas ganas, porque sentía que, de un modo u otro, este podía ser el fin de aquella historia.

11

El joven vendedor estaba lidiando con un par de clientes de unos cuarenta años, no altos, con una chaqueta de piel de reno y una chupa de cuero, zapatos de tipo militar, caros.

Los dos, tal vez hermanos, se movían con aire desganado entre los coches, todos ellos BMW, Audi y Mercedes de gran cilindrada, abriendo el capó o agachándose para inspeccionar las llantas, como si estuviesen examinando los genitales de un toro en una feria de ganado.

El vendedor les dejaba hacer. Sabía de dónde procedían la mayoría de los clientes y cómo habían conseguido el billete para salir de la mierda en medio de la que habían venido al mundo. Además, a pesar de su juventud, era más inteligente que ellos y no tenía ningún afán por demostrarlo. Su dinero le interesaba, pero solo hasta cierto punto. Le gustaba más tener la sartén por el mango que llevarse a casa el carro o su contenido.

«Un depredador paciente», pensó Jean-Claude Monticelli, que llevaba un tiempo observándolo.

—*Please have a seat*. —La recepcionista le sonrió en cuanto entró: enseguida informaría de su llegada. A continuación levantó el auricular, pronunció una única palabra y retomó su trabajo en el ordenador. Unos cincuenta años, sinuosa y perfectamente cómoda en su camiseta escotada.

Monticelli, sin quitarse el sobretodo en el que se estaban derritiendo los copos de nieve primaveral, se había instalado en uno de los tres sillones. En la estancia había un agradable olor a mentol y el espectáculo del parque de vehículos, del vendedor y de los dos clientes tras el ventanal podía ser un buen divertimento.

—*Please* —le pidió la mujer—, *can you follow me?*

Monticelli cogió el maletín con el que había entrado, echó un último vistazo al vendedor y la siguió.

Atravesaron el taller y salieron a un patio en el que la nieve ya había desaparecido. Del cielo bajaba ahora una lluvia inconsistente, que la mujer se limitó a comentar alzando la mirada, sin cubrirse la cabeza. A pesar de su cuerpo esbelto y de muchas otras cosas dignas de mención, gastaba esa melancolía propia de las mujeres que en su juventud han sido bellísimas. «La misma que se puede leer en los ojos de los tenistas de éxito que han tenido que retirarse del circuito siendo aún jóvenes», pensó Jean-Claude.

La mujer llamó a la puerta de un contenedor, se despidió con amabilidad y volvió a la oficina.

En cuanto cruzó el umbral, Monticelli advirtió bajo sus suelas la empalagosa esponjosidad de una moqueta. Avanzó hacia la mesa de metal que había en el centro de aquella única habitación. Paredes onduladas, varios pósteres de automóviles. Tras el escritorio, un hombre en cuyo rostro quedaba algo del muchacho que había sido una decena de años atrás.

—¿Adrian? —preguntó Monticelli.

El hombre-muchacho sonrió y lo invitó con un gesto a sentarse. Monticelli no se movió. Observó la cadena de oro sobre su pecho sin vello, el esternón que sobresalía a través de la camisa abierta, de color rojo, el pequeño timón aferrado a la cadena. Sus dientes eran una obra maestra.

—¿Es usted Adrian? —repitió.

El hombre-muchacho volvió a extender la mano para señalar la silla, mientras que con la otra abría el archivador que tenía sobre el escritorio. Monticelli dirigió una rápida mirada a las fotos, pero se quedó exactamente donde estaba. Junto al contenedor pasó una excavadora o un camión. El suelo vibró.

—A Adrian le ha surgido un problema —respondió el hombre-muchacho, intuyendo que el interlocutor que tenía ante sí no se iba a sentar sin una respuesta—. Pero puede hablar conmigo.

Monticelli respondió que comprendía la situación, se dio la vuelta y salió.

Mientras atravesaba el patio oyó que el hombre-muchacho lo llamaba y, después, despotricaba.

En el taller, los dos hermanos estaban firmando

los documentos que la mujer les ponía delante. El vendedor tomaba un café, apartado de ellos. En la calle, la lluvia inconsistente había dado paso a un ecuménico sol. «Dios, qué rápido cambia el tiempo», pensó Monticelli levantando la cara para que aquel calor inesperado lo bendijese.

12

—¿El siete ha salido ya?

—No he venido aquí para hablar.

—Pero así se lo estás poniendo en bandeja a Corso.

—¿Tengo que llevármela?

—Si jugases con ella en lugar de dedicarte a emparejarla, ya lo tendríamos hecho.

—Pero bueno, ¿hemos venido aquí a hablar o a jugar? Porque si hemos venido a hablar, habría preferido quedarme en casa con Rita.

Elena se asomó al salón durante el tiempo estrictamente necesario para llamar la atención haciendo un gesto con la mano. Con el siete, Corso se llevó todas las cartas de la mesa, le pasó la baraja a su compañero para que hiciese el recuento y se levantó. Esquivando las dos lámparas verdes que en su momento habían iluminado el billar, atravesó la sala. En la pared más larga todavía estaban la pizarra y la taquera, huérfanas de mesa. La historia la conocían todos: unos diez años atrás, junto al dinero del vino aparecieron por aquellas colinas ciertos viajantes con coches cargados de muestrarios, aspiradoras, catálogos de ordenadores. A mediodía se paraban a comer algo en el bar, charlaban un rato, «les acababan de asignar esta zona», se tomaban una copa, pedían algunos consejos y después dejaban caer la idea de echar una partida, simplemente para hacer tiempo hasta que los clientes abrieran sus tiendas. Las primeras veces perdían o no ganaban; al cabo de unos días volvían, había otra partida y alguien, tal vez ellos mismos, lanzaba la propuesta de apostarse algo. Hasta que encontraban a la persona adecuada. A veces se pasaban uno o dos meses preparando el terreno, pero al final eran capaces de sacarle millones, una granja, una finca o, al menos, un tractor.

Cuando uno del pueblo de al lado se ahorcó tras haber perdido la viña, Matteo decidió prohibir el juego. En la sala ya solo quedaban un futbolín y el congelador de los helados.

Corso se encontró a Elena mirando la máquina de café, con el triángulo de la espalda dibujado por el delantal que llevaba atado a la cintura. Matteo estaba en el puesto de lotería, con el cráneo calvo asomando por un cristal tapizado con cupones de lotería y tarjetas de rasca y gana.

—Teléfono —anunció Elena sin volverse.

El aparato colgaba de la pared del pasillo que conducía al baño. El aseo era moderno, con forma redonda, y su ventana daba a una pendiente que en primavera se cubría de violetas, así que quien orinara de pie podía deleitarse la vista con las rocas

74

y aspirar el perfume de las flores. Lo ideal era orinar por la mañana o en la puesta de sol, cuando los rayos prácticamente horizontales encendían un halo alrededor de las colinas. El espectáculo hacía que las paradas en el baño fueran muy largas. Todos lo sabían, pero nadie en el bar hablaba jamás de aquello. Si fuesen mujeres o, tal vez, incluso escritores, seguramente lo habrían mencionado. Pero las mujeres orinaban sentadas, y el único escritor de la zona, un poeta que escribía en el dialecto local y que iba siempre por ahí con un fular al cuello, había muerto hacía ya unos años y nunca se refirió a aquel asunto.

Corso cogió el auricular de la repisa.

—¿Tú sabes qué tipo de personas van a los bares por las mañanas? —preguntó Arcadipane.

—Sí. ¿Y qué?

—La verdad es que charlar contigo siempre es un placer.

—Ya lo sé. ¿Qué quieres?

—Ya han llegado los resultados.

—¿Y?

—¿Te acuerdas de que en aquella época lo del ADN apenas estaba empezando?

—Sí.

—Pero tú insististe para que se recogieran muestras.

—Sí, también.

—Bueno, pues hiciste bien en no escucharme.

Corso observó a la maestra que estaba sentada a la mesa que había junto a la puerta. Leía una selección de las tragedias de Alfieri mientras se tomaba su segunda copa de vino blanco.

—¿Corso?

En los últimos sesenta años había impartido el último curso de primaria a todo el pueblo, incluido a él mismo. Ahora se pasaba las mañanas en el bar y las tardes en la pequeña sala de la biblioteca, adonde no iba nadie más.

—¿Corso?

Observó el reloj que había colgado sobre la maestra. Las diez y dieciocho: la hora en la que, en los bares, se encuentran las personas que antes eran muy buenas en lo suyo, pero que ahora se dedican a otra cosa.

—Voy para allá —respondió.

13

—Farmapex.

—Buenas tardes, Margit.

—¡Señor Monticelli! ¡Buenas tardes!

—La llamo para pedirle un favor: necesito que me reserve una plaza en el primer vuelo de mañana desde Bucarest.

—Por supuesto, ahora mismo lo hago. Hoy ha llamado el señor Richt para...

—Anótelo y me encargaré cuando vuelva.

—Por supuesto, señor Monticelli.

—Para el vuelo, Margit, póngase en contacto con la agencia que se ha encargado del hotel de estos días.

—Pero tenemos nuestro propio...

—Lo sé, pero esta vez lo prefiero así.

—Por supuesto, señor Monticelli, ahora mismo llamo.

—Gracias. ¿Qué ve desde la ventana?

—¿Perdón?

—Su despacho da al jardín. ¿Ya están encendidas las farolas?

—Sí, desde hace poco. Hoy ha sido un día gris, ya casi ha oscurecido.

—¿Y qué ve?

—El banco donde se suele sentar usted, el seto.

—¿Lo han podado?

—Ayer.

—¿Y qué más?

—Al árbol ya se le han caído casi todas las flores.

—¿No le queda ya ninguna?

—No, me parece que se han caído todas, pero, como usted ordenó, el jardinero no las ha recogido.

—...

—¿Señor Monticelli?

—Ha sido usted muy amable, Margit, la dejo para que se vaya ya a casa.

—¡Uy, no, señor Monticelli! Todavía tengo que...

—Váyase a casa, su jornada ya ha terminado y usted tiene hijos. Encárguese solo del billete.

—Lo haré inmediatamente.

—Buenas tardes, Margit.

—Buenas tardes, señor Monticelli.

14

—¿Podría ser un error?

Arcadipane lo negó con la cabeza.

—¿Cuánto tiempo estuviste trabajando aquí?

—Doce años.

—¿Y cuántas veces metieron la pata?

—Dos.

—Súmale otro par de veces desde que te marchaste: en total, cuatro en treinta años. Son un buen laboratorio, ¿no?

Corso volvió a posar la mirada en el folio, sin formular objeciones. Sin embargo, Arcadipane conocía bien esa manera de acariciarse la barba con un solo dedo.

—¡Madre del amor hermoso! —Resopló alargando el cuerpo hacia el teléfono. Marcó el número de una extensión interna—. Dile a Sabbatini que venga —ordenó.

Colgó, abrió el cajón, se encendió un cigarrillo y tiró la cajetilla entre los expedientes apilados sobre el escritorio. El cenicero estaba medio lleno y sobre el despacho se cernía la habitual capa de humo. Sin embargo, el calor era soportable: después de un chubasco hacia mediodía, el sol había retomado su trabajo, aunque difícilmente conseguiría recortar la distancia perdida antes de la noche.

Mientras Corso terminaba de revisar el informe, alguien llamó a la puerta.

—Pasa —invitó Arcadipane.

La mujer, con un aspecto que hacía pensar que la habían interrumpido justo cuando estaba reorganizando su garaje, vestía pantalones deformados y una camisa vaquera y calzaba unas zapatillas deportivas de color negro. Entró sin abrir del todo la hoja de la puerta. Gorda, cabello corto y rizado, gafas. Uno de esos rostros en los que uno se fija si se lo cruza en las escaleras o en una tienda, pero solo en esos días en los que se tiene dolor de muelas.

—Nuestra experta en ADN —la presentó Arcadipane—. Cuando en Roma no saben por dónde meterle mano a un asunto, la mandan llamar. Sabbatini, este es Bramard, un tocapelotas.

Corso la saludó con un gesto, sin levantarse. Ella le miró los pies, en sandalias, y después los folios que tenía entre las manos.

—Estábamos hablando del pelo que te mandé —explicó Arcadipane.

La expresión de la cara de la mujer no ocultaba lo mucho que le fastidiaba tener que volver sobre una cuestión que ella daba por zanjada. No debía de tener muchos amigos. Veladas en casa. Microondas. Porciones individuales. Puzles.

—Ya se lo he dicho —suspiró Arcadipane—, pero no se fía de la gente del sur. ¿Tú de dónde eres?

—De Macerata —respondió la mujer.

—Bueno, ya es algo mejor, lo mismo le convences.

La mujer masticó algo. Había dejadez en ella, sí, pero también un toque de distinción.

—¿Qué es lo que tengo que aclarar? —preguntó.

Corso la observó con más detenimiento; la había molestado ya tanto que difícilmente podría empeorar la situación. Eran su cuello bovino y sus mejillas cubiertas de una ligera capa de pelusilla los elementos que conspiraban contra ella. Debía de tener treinta y pocos años.

—Me gustaría saber cómo ha llegado a esta conclusión —dijo él.

—Yo no extraigo conclusiones...

—¡Alto ahí! —se inmiscuyó Arcadipane—. No vamos a competir ahora para ver quién es el más susceptible, ¿vale? Explícale lo que me has contado a mí y acabemos de una vez, que tengo que salir a hacer una mierda de inspección.

La mujer se tomó un momento. No parecía alterada. Tenía un poco de caspa en los hombros, pero poca. Y llevaba un reloj de niña.

—El pelo no se arrancó, sino que se cortó —expuso—, así que no tiene bulbo piloso. Esto limita los datos que podemos extraer de él, pero, de todas formas, el análisis del ADN mitocondrial nos aporta cierta información, por ejemplo sobre la ascendencia por parte de madre.

La mujer se calló. Corso asintió para indicar que la estaba entendiendo.

—Por eso comparé el ADN del pelo con las muestras que teníamos archivadas, ciñéndome a este tipo de cotejo. Encontré una correspondencia con el ADN de la primera víctima... —Posó sus ojos de tórtola sobre el cenicero.

—Clara Pontremoli —la ayudó Corso.

—Clara Pontremoli.

Corso volvió a dirigir la mirada hacia los folios. Arcadipane lo observaba, deseando, por encima de todo, que dejara de una vez por todas de toquetearse la barba con el dedo.

—Explícale mejor lo de la madre —acabó suspirando.

—El pelo —continuó la mujer— es, sin duda, de alguien que tiene un vínculo de consanguinidad con la madre de Clara Pontremoli, lo que significa que podría pertenecer a la propia Clara Pontremoli, a un hermano o a una hermana de ella o a los hijos de una hermana de la madre, o sea, a un primo o a una prima.

Se rascó una mejilla; probablemente nadie le había dicho nunca lo masculino que resultaba aquel gesto.

—En este caso, sin embargo, como no existen primos porque la madre de Clara Pontremoli no tenía hermanas, y como el hermano de Clara, Gregorio, murió en un accidente de coche en Grecia en 1983, la única persona a la que puede pertenecer este cabello es la propia Clara Pontremoli.

En el despacho se sintió el peso del silencio producido por un largo razonamiento. Algo parecido al sonido de una rueda que gira en el aire después de que la bicicleta haya caído en una zanja y haya quedado al revés.

—¿Se puede determinar cuándo se cortó el pelo? —preguntó Corso.

—No —respondió la mujer—. No hay manera de saberlo.

—¿Así que pudo ser incluso en la época del secuestro?

—¿Es decir...?

—Hace unos veinticinco años.

—Sí, siempre que se hubiese conservado tomando medidas para impedir su deterioro.

—¿Qué tipo de medidas?

—Guardándolo en una bolsa de plástico o en un recipiente que impida el paso de la humedad. Un cajón seco también podría ser suficiente.

Corso pasó los folios. Leyó un poco más. Después dejó de acariciarse la barba y cerró la carpeta.

—Gracias, Sabbatini —dijo Arcadipane—. Puedes irte.

La mujer salió, dejando como legado un olor de vagón de tren. Corso se masajeó el tobillo. Grandes venas en relieve recorrían sus pies de huesos bien marcados. El cuero de las sandalias parecía carne seca.

—Bueno, ¿qué? —preguntó Arcadipane.

Durante muchos años había tenido que soportar los silencios del comisario Bramard mientras esperaba a que llegasen a algún puerto. Ahora tenía el derecho a interrumpirlos cuando se hartaba, o sea, casi de inmediato.

Corso, que estaba sentado con las piernas cruzadas, las descruzó y volvió a cruzarlas para masajearse el otro tobillo.

—¿Cuándo encontraron a Pontremoli? —preguntó.

Arcadipane se encendió otro cigarrillo.

—En febrero del 81. Si necesitas el día exacto, tendría que consultar el expediente, pero del mes me acuerdo porque acababa de presentar mi solicitud de traslado. ¿Y tú?

—Acababa de hacer el examen para convertirme en comisario.

—Siempre me he preguntado cómo es posible que te nombrasen comisario a pesar de que fueras comunista.

—Nunca fui comunista.

—Ah, ¿no?

—No.

—Entonces ¿qué eras?

—Era del Partido de Acción.*

—¿Qué acción?

Corso movió la cabeza para indicar que aquello

* Partito d'Azione. Formación política de orientación liberal-socialista, creada en 1942, en el contexto de la resistencia frente al fascismo, y desaparecida en 1947. *(N. de la t.)*

84

no tenía importancia y volvió a acariciarse el mentón con el dorso del índice. Arcadipane lo escrutaba entre una y otra calada, tratando de leer disimuladamente lo que cualquiera habría descrito como dos ojos atrincherados en un rostro cerrado a cal y canto.

Cuando se había enterado de que, tras su traslado a Turín, trabajaría en el equipo de un tal Bramard, pidió información sobre él. «Es bueno —le confirmaron sus compañeros—, pero divertido lo que se dice divertido no es, el hombre.»

La primera vez que lo vio, estaba leyendo un libro en un banco del tribunal. Esperaba a que soltasen a uno para hablar con él. «Siéntate —le propuso—, esto puede ir para largo.» Y así fue: dos horas y media sin decir una palabra, sin tomar siquiera un café. A continuación el comisario cerró el libro. «Yo no doy palizas, no chantajeo, no amenazo y tiendo a no disparar —le explicó—. En fin, un aburrimiento. Es mejor que lo sepas. Si no es lo tuyo, puedes pedir otro destino. Todavía estás a tiempo.» Dicho esto, se puso otra vez a leer.

Al cabo de unas semanas el concepto estaba claro. Era cuestión de acostumbrarse, y él lo hizo. En poco tiempo se entendieron como un caballo y un buey atados al mismo yugo.

Arcadipane observó la ceniza del cigarrillo, que empezaba a ser amenazante. Lo colocó con garbo sobre el altiplano del cenicero. Después echó un último vistazo al rostro anguloso de Bramard: hacía mucho que no trabajaba con él, pero leerle la cara era una de esas cosas de las que nunca podría olvidarse.

—¿Tú crees que ha conservado ese pelo durante todos estos años? —le preguntó.

Corso resopló, haciendo vibrar sus labios. Era una manera muy francesa de resoplar. Lo llevaba haciendo tanto tiempo que ya no recordaba ni cuándo ni de quién lo había aprendido. Lo cual era bueno para él.

—Es la primera a la que secuestró y la única a la que dejó viva —respondió—. Tal vez deberíamos habernos fijado más en ese detalle.

—Cuando nos asignaron el caso repasamos todos los informes, ¿no? —explotó Arcadipane extendiendo los brazos—. Y fuimos a interrogarla varias veces.

—Dos.

—Aunque hubiesen sido diez. En el estado en el que se encontraba no habríamos sacado nada de ella.

—Habían pasado dos años.

—El informe decía que cuando la encontraron estaba igual.

Desde el pasillo llegaron gritos de mujer en una lengua incomprensible. Corso hizo un gesto con la barbilla. Arcadipane movió la cabeza: redada periódica en las aceras. Corso posó la mirada en la parte posterior de un portarretratos que había sobre el escritorio. En la etiqueta de la tienda aparecía dibujado un pequeño reloj de arena.

—¿Dónde está ahora? —preguntó.

—¿Pontremoli? ¿Cómo coño quieres que lo sepa?

Corso fijó la mirada en él. Al otro lado de la puerta parecía estar produciéndose una especie de negociación en la que participaba muchísima gente. Arcadipane sostuvo durante unos instantes su mirada; después dio una calada anormalmente corta y cogió el teléfono. Pulsó la primera tecla de las extensiones internas.

—¿Buozzi? Pero ¿por qué están estas en el pasillo?

Su rostro se cerró.

—Pero ¿qué cojones de un interrogatorio? Mira, haz una cosita: coge un folio y les preguntas, una por una, a cuántos recibieron anoche y dónde, ¿vale? Después lo firmas todo y se lo mandas por fax al inspector.

Silencio.

—Pero ¿qué cojones de un Excel? ¡Échalas de aquí! En este sitio tenemos que pensar. ¡Necesitamos silencio!

Tras colgar el teléfono, el comisario se dejó caer en el sillón. En el pasillo se siguieron oyendo voces durante un tiempo; luego, varios «chisss» y tacones que se alejaban. Arcadipane contemplaba las volutas grises que ascendían desde el cigarrillo.

—Está donde estaba entonces —explicó—. En la Casa de la Divina Providencia. Y no ha cambiado ni una pizca.

—¿No ha vuelto a su casa?

—¿Con quién? La madre, después de lo que

pasó, se tiró por el balcón. El hermano se mató en un accidente de tráfico en Grecia. El padre murió de un infarto en el 91. Fin de la alegre familia Pontremoli.

—¿Y no queda nadie más?

—Un hermano del padre, pero lleva más de cuarenta años viviendo en Libia. No tiene hijos y se dedica a hacer negocios con las concesiones de gas. Volvió a Italia tan solo para ir al entierro de su hermano y al de su cuñada.

Corso volvió a contemplar el reloj de arena de la parte trasera del portarretratos. Estaba muy bien hecho. Difícilmente se podría hacer nada mejor con tan solo siete trazos de pluma.

—¿Me das tu permiso? —le consultó.

—¿Para hacer qué?

—Para visitarla.

Arcadipane observó la puerta, tras la cual, desaparecidos ya los gritos de las mujeres, se imponían las habituales voces de sus subordinados, su mal humor, la torpeza, el sudor, el ingenio, varios títulos académicos, una dosis endémica de corrupción, papeleo, hormonas, ovulaciones, deudas, fundas de pistola, armas, protocolos, el vicio del juego y unas últimas, resistentes y empañadas ilusiones.

Después dejó caer la nuca sobre el reposacabezas, dócilmente, como quien le ofrece su cuello al barbero o al verdugo.

—Este trabajo es una mierda —se lamentó—. ¿Sabías que ya ni siquiera se me levanta?

15

Corso estaba sentado esperando cuando la puerta se abrió y entró una monja de unos sesenta años que llevaba encima un poco del viento que azotaba desde hacía tres días la ciudad, amenazando con lluvia, pero sin cumplir su promesa. Negro y raído, el hábito; grises, los calcetines.

—Sor Luciana —se presentó.

Corso estrechó su mano, pensando que nunca antes había tocado a una monja.

—Bramard —respondió.

Sor Luciana rodeó el escritorio y se sentó, con las manos en el regazo. Si no fuera por el crucifijo, por el calendario con una imagen de la Virgen y por la ramita de olivo que pendían de la pared, aquella sala bien podría haber sido la sede de la oficina del padrón de un pueblo pequeño.

—Si alguien solicita una visita a una de nuestras hijas —sonrió—, acostumbramos a facilitar ese encuentro. Quien viene para ofrecer su amistad, sin exigir nada más, no puede sino hacer el bien. Y casi siempre acaba dándose cuenta de que es él quien al final ha recibido más de lo que ha dado.

Corso la observó. Debía de ser de origen campesino y, por tanto, inteligente y acostumbrada a no mostrarlo: una mujer capaz de dar órdenes sin la arrogancia de quienes mandan. Pero también en ella había arrogancia; solo Dios sabía cuánta. Sus ojos eran pequeños, nada hermosos, pero sí que eran hermosísimos sus labios. Imposible imaginar cómo fue de joven.

—Soy el comisario que en su momento se encargó del caso de Clara Pontremoli —explicó Corso. Sor Luciana asintió, maternal. Sabía perfectamente quién era, y tal vez también por qué estaba allí: en el fondo, los asuntos de la conciencia eran su oficio.

Corso contempló el patio que se veía tras la ventana. Mientras hacía tiempo hasta la hora de la cita, había rodeado a pie el perímetro de aquel centro: dos mil ciento cuarenta y ocho pasos, un kilómetro de abundantes ladrillos, sin vestíbulos, balcones ni lugares neutros. Nada que generase la incertidumbre de si uno se encontraba dentro o fuera. Tal vez por eso, aunque estuviese en el barrio donde se concentraban los gritos, las tiendas y las inmundicias de la ciudad, todo parecía silencioso y ordenado. El precio que se debía pagar por ello era cierta falta de oxígeno.

—Hace calor, ¿no le parece? —observó entonces Luciana.

Se acercó a la ventana y la abrió a medias; después levantó una mano para saludar a alguien a quien Corso no podía ver.

—Clara —dijo sin volverse hacia él— es una de nuestras hijas más difíciles y, por eso, también es una de las más queridas. No espere mucho de este encuentro.

Corso bajó la mirada hasta sus sandalias. El cuero que había sobre los dedos había perdido el color, como si las hubiese calzado alguien que llevase años esperando junto a la orilla del mar, con las olas depositándole sal en la punta de los pies.

—Lo tendré presente —contestó.

Después de atravesar el patio, rodearon un edificio de poca altura, luego un segundo patio, una columnata y una explanada hexagonal en la que varios internos jugaban con una pelota de espuma bajo la vigilancia de un fraile. De cuando en cuando, algunos triciclos motorizados eléctricos interrumpían su paso. Breves paradas para verlos alejarse con sus cargas de ropa blanca, platos precalentados y contenedores de basura. Sin embargo, no había ruidos ni nada que hiciese pensar en las personas que utilizaban todo aquello.

Atravesaron la entrada de un edificio de cinco plantas, subieron dos tramos de escaleras muy limpios y llamaron a la puerta de lo que parecía ser un piso.

Acudió a abrirles una chica de rasgos indígenas.

—Rosaria —la presentó sor Luciana—, una de nuestras educadoras.

—Buenos días —saludó la joven.

La puerta daba a un amplio salón en el que cinco mujeres estaban sentadas, viendo *Se ha escrito un crimen*. No todas ellas eran igual de mayores, pero lo parecían, por su ropa y por su pelo bien tirante, sujeto con horquillas marrones y, en algunos casos, con gomas.

—¡Tenemos una visita! —anunció en voz alta la chica indígena.

Solo una de las mujeres se volvió. Sus ojos, azules y llenos de nieve, estudiaron al intruso. «Una poeta rusa que ha sobrevivido a los gulags», pensó Corso. Ella, casi como si la hubieran descubierto, volvió rápidamente la mirada hacia la pantalla.

—Voy a decirle a Clara que alguien quiere verla —comentó sor Luciana; después se alejó por el pasillo, entornó una de las primeras puertas y desapareció en el interior.

—¿Le apetece un vaso de agua? —propuso la joven—. ¿Un zumo?

Tenía el pelo negro y largo y unas orejas bellísimas tras las que sujetarlo. Una piel diabólicamente perfecta.

Corso esbozó una sonrisa que quería decir «no se moleste» y, dando un par de pasos, se acercó a la ventana. Más allá de la reja: la calle, su coche, aparcado en línea junto a la acera, dos árboles, las fachadas de un palacio y de una iglesia.

Como nos sucede a todos, hubo un tiempo en el que la belleza entraba en él sin tener que esperar largo tiempo hasta ser recibida; pero aquello fue en la otra vida, esa en la que uno es inocente y puede creer en todo, antes de descubrir que la belleza esconde siempre algo irremediable. Desde entonces, esta había sido su actitud hacia ella: un esbozo de sonrisa y un «no se moleste». Elena, su única concesión.

—¡Disculpe!

Se volvió. La poeta rusa estaba abrazando a la joven indígena, con la cara escondida contra el pecho de esta.

—Lo siento —dijo la chica—, ese es el lugar de Camilla. Se siente mal cuando otra persona lo ocupa.

Corso se apartó del alféizar.

—¿Lo ves? —mostró la joven a la poeta—. ¡Ya no hay nadie ahí!

La mujer, que de pie resultaba baja y rechoncha, lanzó una mirada de exploración tras ella; a continuación, arrastrando sus pantuflas, se dirigió al alféizar, sacó del bolsillo del pantalón un cuaderno y un lápiz y anotó algo. La señora Fletcher, mientras tanto, explicaba con pelos y señales a las cuatro mujeres que se habían quedado en el sofá quién era el asesino y por qué.

Corso miró a la educadora.

—Se pasa así casi todo el tiempo. —Sonrió—. Escribe si llueve, si pasa un perro o una bicicleta, anota las matrículas de los coches, a qué hora se barre la calle, si alguien se para a hablar o sale a tirar la basura... ¡Tiene un armario lleno de libretas de esas!

Hemos intentado retirárselas, pero... —Hizo un gesto como diciendo «¡Dios nos libre de hacerlo!»—. Creo que lleva años tomando notas.

—¡Comisario! —llamó sor Luciana.

Corso entró en el pasillo que daba directamente a la habitación de la única testigo a la que había tenido acceso en veinticinco años.

—Clara no está acostumbrada a recibir visitas —le advirtió sor Luciana cuando estaban delante de la puerta—. Háblele con calma, sin alzar la voz, y no la toque. No quiere que nadie la toque. Si ve que se pone nerviosa, despídase amablemente y salga. Yo entraré con usted.

Corso asintió. La monja entornó la puerta y se hizo a un lado.

Clara estaba tumbada encima de las mantas, con la almohada recostada en el cabecero de la cama y los ojos fijos en el armario de enfrente. Las persianas, bajadas. Era escasa la luz que se colaba desde el exterior.

—Siéntese aquí —propuso sor Luciana retirando una toalla de una de las sillas.

Corso avanzó los pasos necesarios y se sentó.

—Buenos días —saludó.

La mujer se limitó a posar la mirada en los tres pequeños bonsáis que había sobre el alféizar. El resto de su delgado cuerpo permaneció inmóvil dentro de su chándal, demasiado ancho. Los pechos, pequeños, como los de todas las víctimas. Como los de Michelle.

Del salón llegaba el bullicio televisivo de una

persecución. «¡Se acabó! —gritó alguien—. ¡La casa está rodeada!»

Corso deslizó la mirada hacia los pies, hermosos y blancos, de Clara Pontremoli. Les faltaban cinco dedos.

16

La hoja de la navaja sobre la piel, tensa por la ligera torsión del cuello. Un trayecto oscuro y plagado de intuición. El sonido sedoso de lo que se desgarra, como un tallo seccionado a lo largo del canal de la savia. Reducir la velocidad para preparar el cambio de inclinación, antes de acelerar hasta el pómulo. Después alguien llamó a la puerta.

Jean-Claude eliminó los últimos restos de espuma de su cara. Valoró el trabajo. Se sintió satisfecho.

Salió del baño y, esquivando las maletas que lo esperaban a los pies de la cama, llegó a la puerta, donde se agachó para recoger el folio que alguien había deslizado por debajo.

Lo leyó, se acercó al teléfono y llamó a la recepción.

—Monticelli —anunció—. Anule mi vuelo y mándeme a la habitación un café de cebada, pan de espelta y un mapa de los alrededores de la ciudad.

En aquel momento se activó la calefacción de la

habitación, por efecto del termostato. Jean-Claude colocó sobre una de sus dos camisas dobladas la corbata que había dejado encima de la cama.

—No, no hay prisa, gracias.

17

La mujer, con los ojos desprovistos de luz, seguía contemplando los bonsáis.

Ya no tenía la cabeza rapada como en las fotos que, veinticinco años atrás, le tomó el equipo que la encontró tras tres semanas de cautiverio; tampoco llevaba el pelo corto, como cuando, dos años más tarde, Corso y Arcadipane fueron a interrogarla.

—Ha pasado mucho tiempo —observó Corso—. Me doy cuenta.

El 16 de febrero de 1981, una carta anónima recibida en la jefatura de policía había guiado a los agentes hasta una cabaña situada en medio del bosque, en la que encontraron a Clara Pontremoli, atada mediante una cadena en el tobillo, desnuda, con cinco dedos de los pies amputados y en estado de shock. En los días siguientes los análisis descartaron que hubiese tomado drogas o sufrido violencia sexual, y concluyeron que sus heridas se curarían en quince días. De hecho, aquellos puntos de los cortes de la espalda en los que la cuchilla se había hundido demasiado (un error que, con la experiencia, Otoñal dejaría de cometer) habían sido suturados ya por el propio captor, con mano firme, aunque no profesional. Los pies, vendados.

—Recientemente el trabajo de la policía científica ha permitido conseguir ciertos avances. Por eso he venido a hacerle algunas preguntas.

En la habitación, invadida por hojas, se hallaron platos, vasos, una olla, dos sartenes y tres botellas vacías de vino francés. Ni una sola huella. Ni una sola marca de neumáticos, ni siquiera en el exterior de la cabaña, donde el hombre se había movido a pie, sabedor de que las hojas no retendrían sus huellas. Ni una sola de las personas que en aquellas semanas se habían adentrado en el bosque había oído gritos ni advertido la presencia de forasteros.

—Me gustaría que me respondiese, aunque solo sea con un sí o con un no.

Bajo uno de los dos camastros se encontró también un cubo, un bote de champú, un perfume, un cepillo para el pelo y las cizallas con las que el secuestrador le había cortado a Clara Pontremoli los dedos de los pies y tal vez también el pelo, igual que haría después con las demás víctimas. Colgada de la pared, la cuerda de nailon con la que la había inmovilizado para practicarle las incisiones.

Al principio las investigaciones se centraron en la vida privada de la víctima. La pista pasional fue la primera que se siguió. A nadie se le ocurrió que aquel podría ser el primer caso de una serie hasta que la segunda mujer fue secuestrada y se halló su cadáver, gracias a otra carta anónima, en un escondrijo similar, rodeada por los mismos objetos y con los mismos cortes en la espalda.

El mismo patrón para las cinco mujeres que vinieron después; todas, como Pontremoli, de entre veinticinco y treinta y dos años, altas, delgadas, con poco pecho y larga melena negra. El mismo *modus operandi*: secuestro, nada de peticiones de rescate, localización gracias a una carta que llegaba a la jefatura de policía unas semanas más tarde, cortes en la espalda, dedos seccionados. Sin embargo, a diferencia de Clara Pontremoli, a la que se encontró viva, todas las demás habían sido degolladas y su sangre se había recogido en un barreño de plástico blanco. La última fue Michelle.

Corso miró a la mujer que tenía delante de él, con las manos abandonadas sobre el regazo, como objetos olvidados. De una belleza que, por desgracia, conocía.

—Usted fue a aquella cabaña sabiendo perfectamente lo que iba a pasar, ¿verdad?

Clara Pontremoli seguía escrutando el alféizar. Un hilo de saliva en la comisura de los labios. Sor Luciana se acercó a secarlos con un pañuelo.

—No me parece que esto...

—Siéntese —le ordenó Corso.

—Habíamos quedado en que...

—Olvídese de ese pañuelo y siéntese.

La monja sostuvo su mirada; a continuación se sentó. Corso volvió a mirar fijamente a Clara Pontremoli. Desde sus labios apretados, la saliva le caía ya hasta el pecho.

—Quizá no se imaginaba que después de usted habría otras o que él acabaría asesinándolas, pero sabía qué era lo que estaba buscando. ¿Desde cuándo mantenían ese juego?

La mujer giró la cabeza y, por primera vez, lo miró a los ojos.

Cuando era niño, entre los perros de casa, Corso tuvo una loba llamada Sparta. Tenía sangre salvaje de perro lobo checoslovaco, así que no se relacionaba con sus semejantes, pero él le cogió mucho cariño. Salían a menudo con otros chicos del pueblo y, cuando empezaban las largas batallas con piedras o espadas, la loba permanecía sentada en un lugar elevado, un poco apartado, y los observaba como hubiera observado a los cachorros de su manada, interviniendo solo cuando alguno lloraba por una pedrada o un golpe bien asestado con las armas de madera.

Un día, mientras Sparta dormía tumbada sobre las escaleras de casa, Corso levantó el pie para pasar por encima de ella sin pisarla, pero la loba se despertó de algún sueño en el que tal vez alguien la amenazaba o en el que tenía que defender a sus lobeznos; alzó de repente la cabeza de lado y le aprisionó la pantorrilla con los dientes.

Corso no gritó ni sintió dolor porque el animal no apretó las mandíbulas, pero al bajar la mirada hacia la perra encontró sus ojos, que lo contemplaban llenos de espanto y de odio hacia sí misma.

Después la loba se orinó encima y durante tres días no quiso salir del garaje.

Corso vio en los ojos de Clara aquel mismo espanto y aquella misma rabia. Fue un instante; luego la mujer echó la cabeza para atrás y la golpeó con violencia contra la pared.

—¡Socorro! —gritó sor Luciana mientras intentaba sujetar a la mujer y, al mismo tiempo, tirar de la cuerda que activaba la alarma.

Corso no se movió. Clara Pontremoli se golpeó la cabeza una y otra vez.

Cuando la educadora peruana y dos enfermeros abrieron la puerta y corrieron hacia la cama, Corso estaba contemplando la mancha de sangre en la pared.

En aquellos instantes la secuencia de sus pensamientos era sorprendentemente silogística, a pesar del revuelo.

Había sido un juego —al principio inocente, como el germen de cualquier juego— lo que le mostró a Otoñal el camino hacia la belleza que estaba buscando. A partir de ahí, una inteligencia sutil, una naturaleza entregada a la perfección y la falta de escrúpulos morales lo llevaron a explorar sus formas más exactas, hasta convertirse en un maestro.

Sin embargo, aún quedaba una cuestión por explicar: ¿por qué dejó de hacerlo? ¿Por qué abandonar aquello en lo que se había materializado su talento? Desde luego, no por temor a que lo descubrieran ni por remordimiento. Tal vez había encontrado un placer mayor: una belleza más profunda y duradera.

Cuando Corso volvió de aquellos pensamientos, Clara Pontremoli yacía sedada en la cama, recostada sobre un lado y semidesnuda tras haberse movido tanto. Los dos enfermeros y la educadora la miraban mientras respiraba de manera afanosa, con las manos repentinamente vacías.

—Venga a mi despacho —le ordenó sor Luciana, recomponiendo los mechones de pelo que se le habían salido de la toca. Un arañazo rojo le marcaba la mejilla.

Antes de salir Corso lanzó una larga mirada a las cicatrices de Clara Pontremoli. Eran menos precisas que las de la espalda de Michelle. El principio del aprendizaje.

Y, no obstante, bellísimas.

18

—No hay palabras para calificar su comportamiento —lo reprendió sor Luciana en cuanto
pudo sentarse—. Mire que le había advertido de
que es una de nuestras hijas más...

Por la ventana del despacho entraba ahora un
aire fresco, horizontal. Una luz de tormenta caía
sobre el patio.

—Habría podido negarle la visita, pero he confiado en usted.

La cola interrogativa de un gato bailaba al otro
lado del pequeño muro.

—Estaba convencida de que sabría comportar-
se. Jamás había pasado algo así.

El gato se dejó ver dando un salto. Era uno de
esos grandes felinos blancos y bermejos, un poco
lentos. Corso lo estudió con la ira y la envidia que
sienten los perros hacia los gatos, pero no a la inversa.

—¿No le interesa lo que le estoy diciendo?
¿No le interesa el sufrimiento de esa mujer?

Corso volvió la mirada hacia la monja.

—¿Cuándo podría haber pasado? —le preguntó.

—No le entiendo —dijo sor Luciana moviendo la cabeza. Los ojos de Corso habían perdido todo su verdor. Tan solo quedaba el viejo gris metálico del que en realidad estaban hechos bajo aquella pátina de color más manso.

—Ha dicho usted que jamás había pasado algo así. ¿Cuándo podría haber pasado?

Sor Luciana apartó las manos del escritorio y las posó sobre su regazo, una encima de la otra, como hacen las personas de la Iglesia y las mujeres embarazadas.

—Pues no sé, cuando viene a visitarla su compañero de la universidad...

—¿Qué compañero?

—Pensaba que...

—¿Cómo se llama?

—¿Y cómo quiere usted que me acuerde? —Volvió a apoyar las manos sobre el escritorio—. Viene cada 24 de diciembre. Siempre trae una planta de esas.

—¿Usted está presente durante esos encuentros?

—Claro que sí, pero no pasa nada de... —Buscó una palabra, pero no la encontró—. Se queda unos minutos, le habla de sus tiempos de universidad y, obviamente, no consigue ninguna respuesta.

—Descríbamelo.

—Es una persona muy elegante, de unos cincuenta años. Alto, con el pelo un poco canoso. La ropa...

—¿La ropa?

—Un poco... No diría excéntrica, pero no es propia de un hombre de negocios, aunque parece que él lo es. Especial. Eso.

Corso se volvió hacia la ventana. El gato se estaba lamiendo la barriga. Para hacerlo se veía obligado a extender una de las patas hacia arriba de una manera poco decorosa.

—Cuando he entrado he tenido que firmar en un registro. ¿Siempre hay que hacerlo? —preguntó.

—Todos los visitantes lo firman.

—¿Y esos registros se conservan?

—Me hace usted unas...

—Es importante.

Sor Luciana se tocó suavemente la mejilla. Tal vez no fue hasta ese momento cuando se percató del arañazo.

—Tendré que consultarlo —respondió.

Corso se volvió hacia ella. Sor Luciana lo miró como se mira a alguien que ya está lejos de los seres humanos y de aquello que hace tolerable la coexistencia con ellos.

—Usted nunca ha dejado de ser policía, ¿no?

Corso volvió a buscar al gato. Se había ido. En el patio resoplaban las primeras grandes gotas de polvo y estratosfera.

—Si usted se quitase la toca, ¿dejaría de ser monja?

19

Jean-Claude Monticelli aparcó su coche alquilado —un vehículo japonés de pequeña cilindrada— en el patio de los viejos hornos. Plegó el mapa que lo había guiado por el dédalo de los campos, tomó el maletín que estaba en el asiento y salió.

La fábrica consistía en un edificio de ladrillo, una chimenea cónica, un secadero y dos naves más recientes, con el tejado de fibrocemento, también abandonadas desde hacía ya tiempo. Alguien había robado cristales, canalones y cables, y el conjunto desnudo formado por muros, vegetación y metal confería a aquel espacio un toque apacible.

Se puso los guantes y respiró aquel olor de ruina pacificada. Desde el amanecer el cielo estaba cubierto de un velo color ceniza. Desde una hilera de chopos, algunos pájaros trataban en vano de competir con el murmullo del río.

Caminando casi de puntillas para que el dobladillo de sus pantalones no tocase el barro, avanzó hacia la gran puerta entreabierta de los hornos. Como presentía cuál sería la naturaleza del lugar, se había calzado los zapatos que utilizaba en las cacerías. Sin embargo, en el asiento trasero del coche lo esperaban un par de mocasines de gamo sueco, extraordinariamente suaves.

Deslizó la puerta por la que en el pasado los camiones accedían al almacén y entró. El interior era amplio, bien iluminado, y por él trepaba una exuberante hiedra: todo listo para que lo fotografiase algún servicio de arqueología industrial.

Monticelli se dirigió a las escaleras que conducían al despacho situado en alto, desde el que antaño algún leal servidor habría vigilado, a través de las paredes de cristal, las operaciones de carga y descarga.

Cuando entró en la sala, el hombre estaba sentado tras el escritorio. Sonriente, relajado, pero con las ojeras azuladas de quien tiene a sus espaldas una sucesión de noches en blanco. Por otra parte, su ropa no era profesional: de un celeste vivo, estridente y con un corte vulgar.

Además, llevaba encima mucho oro, algo que Monticelli solo consideraba tolerable en los hombres gordos o en las mujeres de color; pero aquel hombre, de unos cuarenta años, tenía el clásico aspecto eslavo: mirada desafiante, buen porte y no muy desgastado por los vicios de la cocaína (nariz con capilares rotos) y de los juegos de azar (uñas excesivamente cuidadas).

El hombre extendió la mano con cordialidad para señalar la silla que se encontraba delante del escritorio: el mismo gesto que había hecho su socio el día antes; tal vez una marca de la casa.

Monticelli bajó la mirada para evaluar el nivel de limpieza de la silla y tomó asiento. Cuando la volvió a subir, el hombre ya había deslizado el archivador hacia él.

—¿Le gustó la chica del hotel? —preguntó.

Monticelli cogió el archivador y lo hojeó.

Las chicas eran ocho, como se había pedido, todas delgadas y armoniosamente rubias, fotografiadas en bañador y en traje de noche. Debajo se indicaban sus nombres, edades, ciudades de origen y títulos académicos (había incluso una que se había graduado en una universidad inglesa). Al dorso de cada página, varias frases atribuidas a aquellas mujeres («Tu placer es el mío»), un número de pasaporte y la fotocopia de un certificado médico, que incluía pruebas del sida y de enfermedades venéreas.

—¿Cuándo pueden estar en Suiza? —preguntó Monticelli.

—Si hacemos ahora mismo el pago –sonrió el hombre—, la semana que viene. Todo perfecto. —Y abrió bien las manos, en un gesto con el que quería indicar lo fácil que sería el asunto.

—Bien —respondió Monticelli, que seguía recorriendo con la mirada las infinitas tonalidades de rubio que pueden tener las mujeres del Este—. Pero primero quisiera estar seguro de que usted es realmente Adrian.

El hombre se rio y se balanceó en aquella silla que no estaba hecha para balancearse. Sobre el suelo había infinidad de cristales rotos y de hojas de periódico, viejas revistas con sobrios caracteres soviéticos. Cuando acabó de balancearse, pero no de reírse, se introdujo una mano en el bolsillo interno de la chaqueta y tiró sobre la mesa su pasaporte.

Monticelli comprobó que los datos coincidían y se lo metió en el bolsillo.

Adrian dejó de reír. Dos patas de la silla se habían quedado levantadas, en una especie de espera alerta.

Monticelli le enseñó la palma de la mano, como si quisiese decir «es una mera formalidad», y después abrió el maletín que tenía en su regazo.

El sonido de las dos pequeñas cerraduras al saltar pareció tranquilizar al rumano, que apoyó en el suelo las patas de la silla y volvió a colocar la espalda, relajado, en su respaldo.

Monticelli le sonrió para confirmarle que aquello era exactamente lo que tenía que hacer. A continuación bajó la mirada y rebuscó en el interior del maletín. Cuando acabó, volvió a cerrar el maletín, extendió el brazo que sostenía la pistola provista de silenciador y colocó una bala de pequeño calibre en el centro de la frente de su interlocutor.

El ruido fue el de una moneda que cae, inofensiva, en el agua de una fuente.

Los ojos de Adrian permanecieron abiertos como platos. Los labios, como a mitad de una palabra sobre cuya precisión de repente se duda. El orificio de la frente no era mayor que un hueso de cereza. La sangre que salía de él era escasísima.

Monticelli desenroscó el silenciador y lo volvió a colocar en el maletín junto al arma. Sujetó ambos con las tiras de velcro previstas a tal efecto; después sacó del bolsillo de la chaqueta un cuaderno y tachó la primera palabra de una lista de cinco.

Cuando se percató de que el cuerpo de Adrian estaba resbalando hacia un lado, apartó el cuaderno, se inclinó hacia él y, teniendo cuidado de no rozar con la corbata el escritorio cubierto de polvo, lo puso derecho.

Acto seguido extrajo del maletín una cámara Polaroid y el periódico que había comprado poco antes frente a la empresa de alquiler de coches.

20

Atravesar el jardín bajo el sol de primera hora de la tarde, recorrer el camino de grava hasta la puerta principal del pequeño edificio estilo *liberty* y entrar. Dirigirse hacia las escaleras, subir los peldaños de dos en dos, deprisa, aun sabiendo que todavía es pronto, y llegar a la segunda planta, donde la puerta del aula está cerrada y el pasillo, inmerso en el silencio de su sueño.

Sentarse en el banco, con las rodillas pegadas al pecho, la espalda apoyada contra las pequeñas cazadoras cortavientos y los abrigos que cuelgan de los percheros. Contemplar la oscuridad en la que están durmiendo, sonreír ante el olor de la comida que han tomado y las bolsas de tela con su nombre, que contienen las «cosas para el baño». Después oír una cancioncita que llega desde el fondo del pasillo: «*Gaston, y a l'télèfon qui son*», volverse y reconocer su figura menuda, su cara contra la pared y el pequeño delantal, atado a su cintura con cinta adhesiva para embalar.

Preguntarse «¿por qué cinta adhesiva para embalar?», levantándose para ir hacia ella.

«Et y a jamais personne qui...»

Preguntarle «¿qué haces aquí sola?», acariciándola. «¡Vámonos a casa!» Y justo en ese instante darse cuenta de que el pelo se le cae a mechones de la cabeza, y de que su pequeño cuerpo emana un olor ácido, como un cáncer, un grito, un adiós fallido.

Corso observó sus propios dedos vacíos, desgastados y llenos de cicatrices. Las manos eran lo único en él que alguien podría considerar destacable. Al menos tal y como se las había transmitido su padre: lo que había hecho después con ellas y lo que estaba haciendo ahora era otra cuestión.

Volvieron a llamar a la puerta.

Se levantó del sillón en el que había esperado a que se deslizasen las horas de la noche y fue a abrir.

—Entra —dijo.

Puso la cafetera al fuego y, al hacerlo, echó una ojeada al reloj que había sobre el aparador. Las ocho y poco. Su tío había apoyado la bolsa junto a la silla; vestía el chándal gris para hacer deporte. Los jueves por la mañana tenía clase de yoga.

—¿Has ido a ver a la rumana? —preguntó.

Corso no se sorprendió ante la ausencia de preámbulos. No los hubo ni siquiera el día en que el tío fue a recogerlo, cuando era niño, al internado de Mondoví y le dijo que tenía que hacer la maleta deprisa porque a su padre le habían alcanzado unos perdigones durante una cacería.

Pocas horas más tarde estaban en el hospital, donde el hombre yacía en una habitación con tres camas, todas ellas ocupadas por personas que ya no volverían a casa. En los pocos minutos que le habían permitido quedarse allí, parecía descansar inquieto, como cuando, por las tardes, se quedaba dormido en el sofá, interrumpido por sobresaltos durante los que abría los ojos sin ver nada. Los únicos instantes en los que llegó a parecer un hombre como todos los demás, familiarizado con la duda y con la culpa.

Sin embargo, en los pocos minutos que pasó en aquella habitación, Corso no pensó en esto, sino —como sucede siempre en las habitaciones de hospital— en cuestiones banales y menos recapitulativas, como el gotero, el mal olor, los vecinos de las camas de al lado, la conveniencia de tocarlo o no tocarlo, la orina y todo lo demás.

Su madre estaba en silencio, con una mano apoyada en el antebrazo del marido, donde aparecían tatuados una gran equis y una calavera con una rosa en la boca. Corso no sabía qué significaban, pero había oído hablar de ellos en el pueblo con desprecio y con reverencia. En el fondo solo tenía nueve años, y en aquella cama había un hombre al que amaba de esa manera distante y controvertida con la que se puede amar a la montaña que ha cerrado el horizonte de tu valle desde que has nacido. Las siguientes horas las pasó en el pasillo, en el que varios hombres, llegados, por motivos diferentes, para esperar el último suspiro de su padre, se sentaban en los dos laterales sin dirigirse la palabra. Un silencio que lo había agotado, igual que cansan los adioses cargados de cosas calladas.

En las semanas que siguieron al funeral recuperó las fuerzas, perdió la costumbre de las oraciones que marcaban el ritmo de los días en el internado y empezó a acudir, primero con prudencia y después abiertamente, a la casa de su tío, un lugar que, en vida de su padre, le había estado prohibido de forma tácita.

No necesitaron mucho para entenderse, y desde el principio ese poco que necesitaron no pasó por las palabras. Así, sin investidura oficial y con la silenciosa aprobación de la madre, el tío hizo para él de padre, después de hermano y, por último —y si no hubiese sido por la reticencia que regía en las relaciones entre los hombres de aquella tierra—, Corso diría que también de amigo.

Solo hubo dos momentos en los requirieron de algo más que de una mirada para entenderse. El primero fue cuando el tío, el día que Corso cumplió dieciséis años, le contó por qué se llamaba así. El segundo, cuando Corso, con veinte años, le comunicó a su tío que quería ser policía.

«Yo ya he hecho lo que debía», se limitó a decir el tío, dando a entender que lo había apartado de los curas y lo había acompañado hasta ese momento lo mejor que podía.

El café tardaba. Corso enjuagó el fondo de la cafetera.

—Hablé con ella la otra noche —explicó—. Se tomará un mes para pensar su respuesta.

El tío asintió. Desde fuera llegaba el resoplido de un tractor lejano, que ahogó el borboteo del café. Corso llevó las dos tazas a la mesa, junto con el azúcar.

—¿Tienes todavía aquella vieja Luger? —preguntó.

El tío se sirvió una cucharadita, como siempre.

—Sí —contestó.

—¿Y funciona?

—Depende.

Sonó el teléfono. Corso respondió. Era Arcadipane.

—¿Quieres primero la buena noticia o la mala?

—Lo que mejor te parezca.

—Según el análisis caligráfico, la firma de los registros y las cartas han salido de la misma mano. O sea, ese que va a la Casa de la Divina Providencia es nuestro hombre.

—¿Y la mala?

—Hay tres personas que tienen ese nombre: uno está en silla de ruedas, el otro es un crío de catorce años y el tercero, un abogado de Padua que en la época de los hechos tenía siete años. En definitiva, es un nombre falso. Fin de la pista.

—¿Habéis comprobado en el extranjero?

—Nada tampoco.

Un rayo de sol había cambiado de dirección en la esquina de la ventana y dibujaba una cuchilla en el suelo.

—Pero ahora tenemos su retrato robot; cuando vuelva...

—No volverá —objetó Corso.

—¡Ha ido los siete últimos años!

—No volverá —repitió Corso, y colgó.

Durante unos instantes se quedó observando el polvo que bailaba, diminuto y volátil, en el pasillo de luz solar. ¿Existía un orden en medio de toda aquella agitación? Para captarlo, ¿había que compartir su naturaleza microscópica o bien ascender hasta un nivel más elevado que la materia?

—¿Para qué quieres la Luger? –preguntó el tío.

Corso volvió al café.

—Para nada.

21

«Si quieres hacer este trabajo como es debido —le
había aconsejado un compañero a punto de jubilarse en una de las primeras ocasiones en las que
tuvo que apostarse para vigilar a un sospechoso—,
no vayas por ahí mostrando la placa, como hacen
todos estos idiotas: la gente acaba por asustarse y
mide mucho lo que dice, o empieza a hacer teatro,
lo cual es aún peor. Busca más bien un lugar tranquilo, como este, coloca una silla delante de la ventana y ármate de paciencia.»

No tardó mucho en comprender que, aplicado
de esa manera, aquel era el oficio perfecto para él.

De hecho, las dos únicas actividades para las
que había dado signos de tener vocación desde
niño eran observar la vida, manteniéndose al mar-
gen, y leer, que, en el fondo, es en cierta manera lo
mismo. Dos prácticas que, desarrolladas con la ab-
negación característica de los primeros veinte
años, le habían permitido conocer cuando aún era
joven una verdad que, por lo general, solo llega
como fruto del desencanto de la ancianidad.

Una verdad amarga, pero bastante útil para un investigador: por muy variada que pueda parecer a primera vista, la *comedia humana*, si se observa a distancia, no es más que el resultado de una tabla periódica de elementos, muy similar a aquella en la que Mendeléiev había intentado sintetizar el mundo.

Es decir, desde siempre un número limitado de pulsiones, como los celos, la codicia, el abandono, el orgullo, la lujuria, el odio, la humillación, el valor, la envidia, el amor, el deseo, la ambición, la venganza, la sensación de omnipotencia y demás, se combinan entre sí para dar lugar a todos los actos humanos, sean elevados o mezquinos, asombrosos o insignificantes, cotidianos o extraordinarios.

En ocasiones afortunadamente poco frecuentes, una de esas combinaciones da lugar a un homicidio.

Y entonces entraba él en escena. A partir del muerto, remontar el curso hasta llegar a la mezcla de pulsiones que lo habían producido. Aquello significaba, desde su perspectiva, encontrar a un culpable. Un oficio hecho de lógica, observación y conocimiento de los elementos. Un trabajo en el que las palabras importaban bastante poco, dado que los elementos en cuestión estaban operando desde mucho antes de que los seres humanos tuviesen algo que decir y una manera de hacerlo. Una actividad que había que realizar en la ventana, en definitiva, porque si quieres entender algo de una batalla, lo último que se te puede pasar por la cabeza es quedarte en medio. Es mejor buscarse un lugar apartado, a cierta altura, como le había aconsejado su compañero, lejos de los gritos y del estruendo de las armas.

Fue a partir de aquella altura desde donde, envuelto en la maraña de admiración y recelo que les espera a todas las personas que tienen un talento, fue escalando los peldaños de la jefatura de policía hasta convertirse en el comisario más joven de Italia.

Hasta que, cierto día, el inspector colocó la carpeta amarilla y ya desgastada del caso Otoñal sobre su escritorio.

«¿Lo quieres?», le había preguntado.

Del caso sabía solo lo que había leído en los periódicos y escuchado por los pasillos. El comisario que lo había llevado hasta el día anterior no era un inepto. Tal vez le faltaba un poco de imaginación, pero trabajaba bien, a la manera tradicional: zapatos desgastados, actitud resuelta, capacidad de adular, pero también de levantar la voz. Si no había conseguido nada en aquel caso era porque tenía que tratarse de una combinación de elementos bastante anómala y atractiva.

«Vale», había respondido.

Después, cuando el inspector se fue, escribió a lápiz en un folio: «¿Por qué mujeres? ¿Por qué sin sangre? ¿Por qué las marcas? ¿Se está diciendo algo a sí mismo o a los demás? ¿Es una serie abierta o un número predeterminado? ¿Tienen alguna

importancia el otoño y el invierno? ¿Pista sexual?»
Y más abajo: «Fotos mujeres. Fotos cabañas. Mapas. Hablar con la superviviente. Informes policía científica. Familiares de víctimas. Vida víctimas (Arcadipane). Lugares. Cambiar nombre de expediente. "Otoñal" podría dar lugar a confusión.»

Un año más tarde ya estaban hechas todas las cosas que se había propuesto hacer, excepto la última. Pero ninguna de las preguntas había encontrado respuesta. Y las mujeres asesinadas eran ya cinco. Todas en otoño e invierno.

A veces durante la investigación había tenido la impresión de que se encontraba cerca de algo, pero siempre se trataba de una luz lejana, de un detalle demasiado aislado como para permitirle intuir el diseño completo. Pero había un diseño, lo sabía. Y era un diseño amplio, pensado, trabajado.

¿En qué se estaba equivocando? La altura, ¿estaba demasiado lejos? ¿O demasiado cerca? ¿Acaso a la tabla periódica en la que siempre había confiado le faltaban elementos?

Más tarde, una noche, mientras ordenaba cuidadosamente aquellos pensamientos sobre el escritorio de la oficina, la batalla que él pensaba que se estaba librando en otra parte ascendió en silencio hasta aquella altura, llamó a la puerta de su casa y engulló a Michelle y a Martina. Desde entonces, hundido en la sangre y en el dolor que hasta aquel momento solo había contemplado desde lejos, ya no fue capaz de mantener ni lucidez ni firmeza. Había abandonado el campo. Los abandonó a ellos y, después, a sí mismo. Y lo perdió todo.

—¿Profesor Bramard?

Corso levantó la mirada del folio sobre el que llevaba media hora garabateando.

—Estamos votando, profesor Bramad —le explicó su compañera—. ¿Está usted de acuerdo con un día de expulsión, en el que se suspenderá la obligación de asistir?

Corso levantó la mano, como estaban haciendo la mayoría de los profesores en la sala. Hubo algunos murmullos en señal de protesta; a continuación se levantó acta de la decisión y se levantó la sesión. En medio del ruido del movimiento de sillas, Corso volvió a observar aquel entramado de líneas que, después de tantos años, seguía guardando celosamente el secreto de un principio estructurador.

—¿Desde cuándo estás a favor de las expulsiones?

Corso levantó los ojos hacia Monica, que estaba de pie ante la mesa. Le pareció hermoso e insoportable que sonriese.

—Hay un reglamento —dijo, porque no sabía qué decir.

—¿O sea que, en tu opinión —se encogió de hombros de aquella manera afectada tan suya—, decir que Bettini tiene un gato muerto en la cabeza es un «insulto barra denigración»?

El hombre de chaqueta celeste y mocasines avanzaba hacia la puerta en compañía de la profesora de Religión. Cuando se fueron ellos, se quedaron solos.

—Cuando estaba atravesando una crisis —recordó Monica— fuiste el primero en saberlo; me encubriste cuando estaba viéndome con el otro; me sustituías cuando me tomaba horas libres. Y hasta me aguantaste cuando creí que me había enamorado de ti. Así que ahora puedo decirte lo que pienso, ¿no?

Corso permaneció en silencio.

—Lo que te pasó es terrible, lo sé; pero de eso hace ya veinte años. Tendrías que dejarlo atrás y pensar en tu vida de ahora.

Corso se volvió para sopesar el mundo al otro lado de la ventana. Una mujer camino del hipermercado, un anciano en bicicleta, dos bedeles barriendo el patio del colegio de primaria que había enfrente. Todo bajo el sol vertical de las catorce horas y treinta y siete minutos.

—No hay ninguna vida ahora —dejó caer de sus labios.

Monica se inclinó hacia él.

—Pero ¿qué dices? Eres una persona maravillosa —le puso una mano sobre el antebrazo—, un profesor estupendo, sé que...

—Tú no sabes nada —le espetó Corso con una calma feroz.

Cuando Monica retiró la mano de su brazo, permanecieron en silencio, como dos boxeadores que, desde la esquina, miran cada uno un punto diferente de la lona del cuadrilátero, preguntándose si es el momento de volver a empezar. Después Corso se levantó, le rozó el hombro, con un gesto que podía ser tanto una mera distracción como una forma de pedir perdón, y salió.

Una hora más tarde estaba conduciendo por una carretera que a veces seguía el cauce tortuoso de un río y otras veces lo atravesaba. En el radiocasete, la cinta de Cohen, que había sacado de la carpeta del maletero.

«He said, "I've had a vision and you know I am strong and holy. I must do what I've been told".»

Había examinado aquella canción sílaba a sílaba. Y, sin embargo, una vez destripada, vaciada, retorcida, desmontada y vuelta a montar, seguía siendo lo que era: una canción. Una hermosa canción. Lo mismo había ocurrido con las cartas: el papel, la escritura, las huellas, la máquina de escribir, los sellos postales. Todo, para nada. Solo quedaban las cartas que llegaban, a intervalos irregulares, desde diferentes países y contenían los versos de una hermosa canción. Y eso era así porque la guerra había acabado veinte años atrás, con su final grabado en la piedra, Michelle y Martina perdidas y él, como la única persona que no se había dado cuenta.

«Pobre capullo», pensó.

Detuvo el coche en el claro vigilado por un templete, se puso las botas, se anudó el jersey y empezó a caminar por un sendero que desaparecía entre los alerces. Caminó durante tres horas, sin parar ni una vez, hasta llegar a una pared severa como pueden llegar a serlo aquellas cosas a las que les ha faltado un paso para alcanzar la grandeza. Contempló la enorme placa, recorrida por dos hendiduras en diagonal; después, las pesadas nubes que ocupaban la porción de cielo por la que llegaría la oscuridad, y comenzó.

Llegó a la cima cuando el día y la noche libraban su última batalla. La llanura era ya una extensión de luces, y desde las nubes, que habían conquistado la mayor parte del cielo, soplaba un viento frío y tenso. A su alrededor, unas cuantas salpicaduras de vida: el estiércol de un rebeco, unos pocos tallos, algunos islotes de milenrama sin flores.

Se asomó al vacío y se imaginó su propio cuerpo tumbado sobre la falda de piedras de debajo, con un brazo doblado detrás de la espalda de una manera antinatural. Retuvo aquella imagen, esperando que algo dentro de él se rebelara, pero su corazón no se aceleró ni un ápice y sus ojos siguieron mirando aquel punto, sin apartarse de él.

Comprendió entonces que incluso lo último que quedaba vivo en su interior, aquel coágulo de odio y de orgullo que le permitía respirar, se estaba apagando y que, cuando se hubiese enfriado también ese núcleo, no quedaría de sí mismo más que un molde inerte, algo parecido a la vida que lo había producido, pero infinitamente alejado de ella.

Pensó entonces, por primera vez, en la locura como un escenario posible. Tan solo un paso más allá.

22

—Ponte esto debajo del brazo.

—No hace falta.

—Has venido a llamar a mi puerta a las seis de la mañana. Yo decido si hace falta o no.

Corso cogió el termómetro y se lo metió debajo del jersey; después dio otro sorbo a su infusión. Le sudaba todo el cuerpo y no estaba seguro de que le respondieran las manos, así que apoyó rápidamente la taza. El olor de la comida consumida la noche anterior en aquella sala le provocaba náuseas.

Cesare estaba repasando con un trapo los vasos que había sacado del lavavajillas.

—Luego vas a cogerte unos pantalones —le ordenó—. No irás a la última moda, pero por lo menos te cubrirás las piernas.

Bip.

—Trae para acá.

Corso se retiró el termómetro y se lo pasó. Cesare lo miró a la luz esmaltada que entraba por la ventana, después lo puso bajo la luz del tubo fluorescente y, por fin, lo colocó sobre la barra del bar.

—Échale tú un vistazo. —Se resignó.

Corso se lo acercó a la cara. Asintió con la cabeza.

—Antes de tomarte una aspirina —le advirtió Cesare—, tienes que comer algo.

Subió al piso de arriba, donde se quedó durante unos diez minutos. Mientras tanto Corso dejó caer la cabeza entre los brazos, cruzados sobre la barra, al tiempo que seguía escuchando los pasos, la puerta que crujía y la música árabe.

Aquella noche, durante el descenso, empezó a caer un fino polvo frío desde el cielo, como si alguien estuviese lijando una estrella de hielo. Tenía las manos rígidas, los pantalones desgarrados y ya no podía leer la hora en su Cyma, así que, con piedras, había levantado dos parapetos a la sombra del primer alerce —lecho y sepultura al mismo tiempo—, y se había acurrucado a escuchar el sonido infantil e inofensivo de la nieve.

Cuando, con los primeros rayos de luz, abrió los ojos, las rocas estaban cubiertas de un sutil manto blanco inmaculado, bordado con pequeñas huellas. Tal vez un armiño.

Había recordado cómo el animal se acercó en la oscuridad, silencioso y alargado, lo olfateó y se alejó sin miedo, como quien deja atrás un trozo de madera muerto o un gesto sin consecuencias. Un objeto.

Levantó la cabeza y observó la aspirina, que burbujeaba en el vaso.

—Deberías traerte a tu amiga de vez en cuando —le aconsejó Cesare—. A lo mejor si estuvieras con ella no intentarías matarte.

Corso esperó a que la efervescencia del vaso se apagase. En el plato colocado al lado había dos rebanadas de pan, jamón y un poco de mantequilla. En el centro, un huevo revuelto.

—Puede que se case con uno de tu edad —respondió, y se lo bebió todo de un trago.

—Una mujer muy sensata. —Cesare se encogió de hombros.

Mientras Corso comía, pasó el autobús de las siete. No debía de haber nadie en la parada, porque el conductor se limitó a reducir marchas para darle al vehículo un respiro antes de entrar en las curvas cerradas. Después todo desapareció. La nieve caía de los tejados.

—Hay una novedad sobre los lobos —le comentó Cesare—. ¿Quieres que te la cuente?

Lo único que hizo Corso fue levantar el mentón.

—La mancomunidad de municipios de montaña le ha entregado a la gente de los pastos unos perros traídos de España. Se pasan todo el día sentados bajo un árbol. Ni se les ocurre levantarse para perseguir el ganado que se aleja. Eso sí, como un lobo se acerque, consiguen que se vaya con el rabo entre las piernas por donde ha venido, y si él no está de acuerdo, son capaces de dejarlo agonizando. —Asintió ante la excelencia de aquella medida—. Lo único que hay que hacer es enseñarles el territorio que tienen que vigilar y ellos se ponen a trabajar. Por lo demás, son como perros de compañía. Hasta los puedes poner a dormir con los niños. ¿Qué te parece?

Corso siguió observando el rostro bíblico de Cesare.

—Estupendo —contestó, y después echó un vistazo a su alrededor, buscando a Brian.

—Está en el piso de arriba —le informó Cesare.

—¿Dejas que suba a tu casa?

—Es él quien quiere hacerlo.

—Pensaba que no tenía permiso.

—Y no lo tenía.

—¿Y ahora sí?

—Ahora sí.

La puerta se abrió y dejó ver una esmirriada silueta. Afuera el sol era ya una luz adulta. Había algo ansioso en el afán de aquellas mañanas por convertirse en tardes, en el de aquella estación por convertirse en verano. Corso se daba cuenta, pero no sabía qué hacer ante esa realidad.

—¿Hay café bueno también para la gente del sur? —preguntó el agente forestal—. ¿O solo se reserva para los locales?

Cesare cargó de café el filtro y lo ajustó a la máquina con un gesto metalúrgico. La vieja Faema resolló, como un bovino obligado a levantarse, y el café empezó a caer, ruidoso, en la taza. Mientras tanto el hombre se había sentado en el taburete situado junto a Corso.

—¿Has encontrado nieve ahí arriba?

—Mmm, mmm —respondió Corso.

Cesare dejó la taza sobre la barra. El agente forestal rasgó la esquina de dos sobres de azúcar, los colocó de forma que estuvieran pegados entre sí y, con suma delicadeza, vertió su contenido en el café. De las mangas remangadas de su camisa salían unos brazos oscuros e indolentes. Una pulsera de oro en la muñeca.

—Voy a aprovechar que lo encuentro aquí para resolver una duda —dijo.

Se sacó del bolsillo una libreta amarilla, la puso sobre la barra y empezó a pasar sus hojas. El frío de la mañana había dado a sus ojos un celeste más limpio.

—El Volvo que hay ahí afuera es suyo, ¿no? —Y leyó el número de matrícula.

Corso asintió mientras seguía jugando con una migaja de pan.

El agente forestal bebió un sorbo. En aquellas páginas aparecían matrículas, horarios, nombres de aldeas, uno de mujer y el dibujo de una habitación o de un sendero.

—Anoche alguien avisó de que se habían oído disparos en la zona de Serra, donde estaba aparcado su coche. Esta mañana he subido por allí y me he encontrado un rebeco abatido en un matorral. Seguro que algún cazador furtivo lo escondió en aquel sitio para volver a buscarlo cuando la nieve haya desaparecido.

Corso tomó entre los dedos la migaja con la que había estado jugando y se la llevó a la boca. El agente forestal dio un último sorbo a su café y sonrió.

—A mí me parece —le dijo, mientras le ponía una mano en el hombro— que si en la montaña no nos ayudamos los unos a los otros...

No hubo ningún bullicio después. Ni la taza ni el vaso se cayeron. Tan solo el sonido preciso y breve de la mano izquierda de Corso. A continuación únicamente el fuelle de la boca del agente forestal que buscaba oxígeno, con los testículos apresados en una trampa.

—Corso.

Corso miraba fijamente las páginas abiertas del cuaderno que había bajo la mejilla del guarda.

¡Corso!

Volvió la mirada hacia el viejo.

—Ya lo ha entendido.

Corso miró el rostro lívido del hombre y, luego, de nuevo el cuaderno.

—¿A que sí lo has entendido? —preguntó Cesare.

El agente forestal asintió mientras arrugaba las páginas.

Corso dejó de apretar; el hombre se deslizó desde el taburete y permaneció en el suelo, hecho un ovillo, sin respirar.

—Déjame utilizar el teléfono, por favor —pidió Corso.

Cesare extendió la mano para activar el teléfono público.

—¿Te vas a terminar el huevo? —preguntó.

131

—¿Se lo das a Brian?

—No, le sienta mal.

—Entonces déjalo aquí. —respondió. Después pasó por encima del hombre de ojos azules, que ya había empezado a toser, y se dirigió al teléfono.

23

—Policía judicial, dígame.

—Soy Bramard. Tengo que hablar con Arcadipane.

—El comisario está ocupado ahora mismo.

—Es urgente.

—No quiere que lo molesten. Pero le puede dejar un mensaje.

—¿Quién está por ahí? ¿Buozzi? ¿Pedrelli? Duda.

—Pedrelli.

—Pásamelo.

Silencio.

—¿Diga?

—Pedrelli, soy Bramard. Pásame a Arcadipane.

—Claro que sí, comisario.

Auricular del teléfono apoyado. Llamada desviada a otra extensión.

—Aquí Arcadipane.

—Soy Corso. ¿Puedes hablar?

—Un momento.

Mano dispuesta sobre el micrófono. «Tráemelo más tarde.» Pasos, puerta que se abre, ruido de oficina, puerta que se cierra.

—Bueno, ¿qué coño quieres?

—Tienes que hacerme un favor.

—¡Venga ya!

—Necesito que mandes a una persona a la Casa de la Divina Providencia.

—¡Ni de coña! ¡Esa monja me ha armado una que no veas!

—¿Desde cuándo te dan miedo las monjas?

—¡Vaya tela la monja! Ha llamado a la curia, que ha llamado al inspector, que me ha llamado a mí.

—No se trata de Pontremoli.

—Ah, ¿no? ¿Es que quieres hacer un voluntariado allí?

—No. Tienes que mandar a alguien de los buenos.

—Mira, precisamente tengo aquí un montón de gente listísima que está sentada, mano sobre mano.

—No será mucho tiempo.

—¿Es decir...?

—Media hora por allí y quizá un par de horas en la oficina, si es alguien despierto.

Puerta que se abre. Mano sobre el micrófono. «Sí, sí, ¡más tarde!» Puerta que se cierra.

Piedra del mechero. Larga bocanada.

—Venga, hazme reír un rato, que hoy estoy aburrido.

24

Aquella mañana Jean-Claude Monticelli se había despertado temprano y había tomado una ducha, seguida de un copioso desayuno; después había llamado a un taxi y se había dirigido al aeropuerto, donde a las once horas y cuarenta y cinco minutos cogió un vuelo con destino a Zúrich.

En la aduana suiza esperó a que terminara el control de armas, matando el tiempo con revistas y con el café americano que podía servirse a placer en la sala vip del aeropuerto, hasta que el funcionario de aduanas asomó por la puerta su cara rosada de oriundo del cantón de Valais, anunciando: «Disculpe la espera, señor Monticelli. Como de costumbre, todo está en orden».

El coche que lo esperaba en el parking techado del aeropuerto tenía el parabrisas manchado con el polen de una planta que había florecido antes de la cuenta, debido a la precocidad de las estaciones. También el azul de Prusia de la carrocería estaba mate y apagado. Por eso, se detuvo en una estación de servicio para que lavaran el coche y le diesen brillo minuciosamente. Llegó a Locarno con media hora de retraso respecto a lo previsto.

A las cinco y pocos minutos, cuando iba a entrar en casa, se encontró delante de la puerta un manto de sobres y folletos publicitarios. Demasiado correo para solo seis días de ausencia.

Lo apartó todo con el pie y, tras dejar el equipaje y las escopetas en el vestíbulo, fue a la cocina, encendió el hervidor y preparó la tetera.

Mientras se calentaba el agua subió a su dormitorio, se dio una segunda ducha, se vistió con ropa ancha de algodón orgánico y sacó una bolsa de tela del cajón de la mesilla de noche. A continuación descendió a la planta baja, llenó la tetera, salió a la terraza y se sentó en una tumbona delante del lago.

A apenas unos metros del embarcadero al que estaba amarrado su barco de seis metros nadaban dos cisnes. De vez en cuando giraban la cabeza el uno hacia el otro, con su estilo periscópico. Parloteaban. No parecían dirigirse a ninguna parte. Paseaban. La única embarcación que estaba navegando se encontraba quieta en el centro del espejo del agua. Pertenecía a un vecino del otro lado del lago que había hecho fortuna con un negocio de aparatos de aire acondicionado en China.

Monticelli vertió el té en la taza y abrió la bolsa de tela; dejó que la luz horizontal del último sol se reflejase en el negro opaco de la pistola. Era un arma ágil, italiana, de culata amplia y decorada con diminutos rombos. Jean-Claude la observó con aire distraído. Después abrió el tambor, comprobó que solo contuviera una bala y, tras hacerlo girar, volvió a cerrarlo con un ruido seco.

En aquel momento se oyó un timbre desde el interior de la casa.

Atravesó el salón, decorado con muebles racionales, en teca, sin grandes variaciones de color —exceptuando la librería, de metal rojo, elaborada con la chapa de un contenedor—, y se sentó junto a un amplio escritorio.

Extrajo del cajón una pequeña videocámara, la enganchó por encima del monitor y, pulsando un botón, obligó al ordenador a salir del modo salvapantallas.

—No sabía si habías vuelto ya. —La joven, que emergía de la oscuridad de la pantalla, sonrió—. He decidido intentarlo, a ver si tenía suerte.

—Y ha sido una suerte —respondió Monticelli—. Tenía ganas de escucharte.

La chica, de unos veinte años de edad, asintió para indicarle que ella también tenía ganas.

—Bueno, ¿qué? —preguntó frunciendo el ceño de forma exagerada—. ¿A cuántos has matado?

Jean-Claude fingió pensarlo.

—A uno —respondió levantando al mismo tiempo un dedo.

—¿Macho o hembra?

—Macho, nueve años, ciento cuarenta kilos, una belleza.

—¡Malvado! —La joven rio.

Sus ojos eran de un gris muy luminoso. Su pelo,

castaño oscuro; corto, sin parecerlo. Su rostro mostraba los signos que el sol reserva a las pieles muy claras: pecas, la marca de las gafas de sol, el rosa vivo de una quemadura en la nariz.

—¿Qué vas a hacer hoy? —preguntó él.

—¿Aparte de pelearme con la disentería? Vamos a una aldea de por aquí cerca. Estamos intentando que se una a nuestro programa. ¿Tú crees que lo conseguiremos?

—¿Vas a hablar o solo tendrás que escuchar?

—Yo llevo el agua, tomo notas, espanto a las moscas y tengo la disentería. Fin de las tareas de la becaria.

—Pero ¿estás contenta?

—Estoy loca de alegría. Esto es maravilloso. O sea, terrible, pero también maravilloso. Ellos son maravillosos. Philip, Sheila, Marco, todos. ¿Sabes quién es el único amargado? ¡Pieter, un suizo!

Rieron.

—Me tengo que ir ya. Lo último que puede permitirse una becaria es llegar tarde. Te llamo esta noche, tarde, si no te molesta, y así hablamos un poco.

—¿Y por qué iba a molestarme?

—Lo mismo hay alguna mujer contigo, ¿no?

—Hablamos esta noche.

—Vale, un beso, entonces.

—Sí, Clémentine. Un beso.

Una vez apagado el ordenador, Monticelli volvió a la terraza, donde saboreó el té mientras contemplaba el lago, ligeramente ondulado por la brisa que soplaba desde un valle lateral. Cuando la tetera se quedó vacía, cogió la pistola que estaba sobre la mesita, se acercó la boca del cañón a la sien y apretó el gatillo.

Los cisnes, que seguían rondando por el muelle, al oír el ruido en vacío del obturador, cambiaron de dirección y se movieron, sin prisa, hacia el centro del lago.

Jean-Claude Monticelli soltó la pistola y bebió el último sorbo de té que quedaba en su taza. A continuación se cubrió las piernas con la manta de alpaca y se quedó dormido.

25

Corso estaba sentado en una de las cuatro sillas que rodeaban la mesa. Había sido Buozzi quien lo había acompañado hasta allí abajo y lo había invitado a ponerse cómodo: Arcadipane estaba «procediendo a regresar» de una reunión en la jefatura de policía, llegaría en unos minutos.

No se tardaba mucho en comprender que aquella sala se utilizaba para los interrogatorios: nada de ventanas; nada de objetos decorativos; muros con absorción acústica; el típico espejo grande; luz artificial. Las paredes, recién pintadas, eran de un verde pálido. El suelo, de caucho gris.

En sus tiempos aquel sótano se utilizaba como archivo y la sala de interrogatorios estaba en la última planta, así que si uno se las arreglaba para que su interlocutor se sentara de espaldas a la ventana podía escuchar lo que tuviera que decir y, al mismo tiempo, contemplar cómo la Mole Antonelliana se asomaba por detrás de la sede de la RAI, sin que pareciera que no tenía ningún interés en el interrogado.

Tal vez por eso no recordaba ninguno de aquellos rostros. No los había mirado. En cambio, se acordaba perfectamente del techo de piedra y de la aguja bajo el estruendo de las tormentas, cubiertos de nieve, blanqueados por el sol, brillantes tras las extenuantes lluvias otoñales y apenas sugeridos en la densa niebla de primera hora.

Una joven entró en la sala. La reconoció de inmediato: era la que había visto arriba unas semanas antes; la de la cucharilla retorcida en la oreja, la que estaba en medio de un montón de problemas.

Sin saludarle, la chica se fue al otro extremo de la mesa, apartó la silla, tiró su bolso al suelo y extrajo de él un pequeño ordenador. Mientras se sentaba y encendía el portátil, Corso olfateó el aire: apenas un levísimo toque de gasolina. Después la pantalla le iluminó la cara y él se dio cuenta de que en la narina derecha llevaba un pequeño aro, tal vez de ámbar, que se perdía en medio de su piel aceitunada. Vestía una camiseta color caqui bajo la chupa de cuero, pantalones vaqueros negros y botas impermeables de color verde tortuga, anudadas a media altura.

—¿Eres vegetariano? —le preguntó.

Tenía una voz lenta, femenina, a pesar de su aspecto y de su edad.

—No —respondió Corso—. ¿Y tú?

La joven se encogió de hombros.

—No, para nada.

Sus muñecas salían de las mangas de la chupa

como si fueran las articulaciones de una de esas antiguas lámparas para mesas de dibujo. Sin embargo, la suya no era una delgadez que hiciese pensar en enfermedad, fragilidad o precariedad. Corso calculó que tendría unos veinticinco años.

—¿Quién te ha dicho que vengas aquí? —quiso saber.

La chica pulsó un par de teclas. Las uñas de cinco de sus dedos estaban envueltas en cinta adhesiva.

—El jefe.

—¿Quién es tu jefe?

Sacó del bolso una decena de cuadernos.

—Desde luego, tú no —le respondió mientras los apilaba junto al ordenador.

Corso los observó. En realidad, solo tres de ellos eran cuadernos; los demás eran pequeños blocs de notas y, un par de ellos, incluso folios doblados y sujetos entre sí mediante un cordel.

Cuando la chica entró, Corso consideró que había diez posibilidades entre cien de que estuviese allí por aquel motivo, treinta de que se tratase de un error (alguien la había guiado hacia una sala equivocada) y sesenta de que Arcadipane quisiese pedirle su opinión sobre otro caso. Ahora el diez de antes se había convertido en noventa. Ni valía la pena preguntarse a qué correspondía el diez restante.

—Si dejas de observarme, te lo agradeceré —le advirtió ella.

Sus pómulos eran nórdicos, a pesar de su pelo

negro, mientras que sus hombros, fuertes y ligeros, parecían proceder de los Balcanes. En cambio, su nariz y su boca eran completamente franceses. Por lo demás, cualquier comentario sobre ella podría concluir con un «a pesar de que...», lo cual suscitaba una necesidad indiscutible y molesta de observarla.

—¿Eres una agente? —preguntó Corso.

Los ojos sin maquillar de la joven lo miraron por primera vez por encima de la pantalla, como si estuvieran cogiendo carrerilla, pero justo en ese momento la puerta se abrió y Arcadipane entró en la sala, seguido de una nube de humo.

El comisario se sentó, respirando con dificultad, con la chaqueta arrugada por culpa del asiento del coche. El humo ascendió rápidamente para buscar su lugar bajo el techo.

—Vamos a dejar clara una cosa —y dio una última bocanada que hizo que sus mejillas se hundieran—: este encuentro nunca se ha producido, yo nunca le he encargado nada a Isa y, en cualquier caso, esto no ha sido una sugerencia de un excomisario deprimido al que atiendo de vez en cuando solo en nombre de una vieja amistad, ¿de acuerdo?

Ninguno de los otros dos respondió.

—Muy bien. —Apagó el cigarrillo en el suelo, con la punta del zapato—. Isa ha ido a la Casa de la Divina Providencia a hablar con la dichosa monja y, no sé cómo, ha conseguido que le den permiso para traerse los cuadernos de tu amiga la grafómana. Le he pedido que compruebe las matrículas que esa loca ha anotado cada 24 de diciembre de los siete últimos años y que las coteje. Suponiendo, claro está, que la loca haya anotado algo con sentido...

La joven miraba la pantalla sin esforzarse por ocultar su aburrimiento. Ahora que había entrecruzado las manos por detrás del respaldo de la silla, los tirantes de la pistolera le marcaban unos pechos más grandes que lo que hacía suponer su delgadez.

—... En mi opinión, es una pérdida de tiempo, porque Otoñal no tendría por qué haber ido en coche ni aparcar precisamente en aquella calle. De todas formas, como has dicho que este será el último favor que me vas a pedir...

Por el silencio que vino después, Arcadipane se dio cuenta de que era el único que había sentido la necesidad de aquel resumen. Se sacó del bolsillo la cajetilla y se puso un cigarrillo entre los labios, muy deprisa.

—Pues cuanto antes nos lo quitemos de encima, mejor —observó encendiendo el tabaco.

La chica separó su espalda de la silla y con un dedo giró el ordenador para que los otros dos pudieran ver la pantalla. En ella aparecían un par de círculos divididos en cuñas de diferentes colores.

—Estas —comenzó, señalando el primer círculo— son las matrículas que aparecen más de una vez en esos siete años. Son diecinueve de las doscientas once en total que aparecen en los cuadernos. El segundo gráfico, en cambio, muestra los resultados de la comprobación de estas diecinueve matrículas: seis corresponden a personas que trabajan o trabajaban en el centro, ocho son de vecinos del barrio y cuatro están a nombre de personas que tenían o tienen a un familiar interno. La última —y con uno de sus dedos envueltos apuntó hacia la cuña más pequeña de aquella tarta— ha aparecido tres veces en siete años. Pertenece a un tal Amedeo Luda.

Dirigió a los dos hombres una mirada inapetente y, a continuación, volvió a girar el ordenador hacia ella, estiró las piernas y apoyó de nuevo la espalda en la silla.

—¿Quién es este Amedeo Luda? —quiso saber Corso.

La joven dejó caer la barbilla sobre el esternón.

—No se me ha pedido que haga esas comprobaciones —respondió. Y, levantando apenas la mirada hacia Arcadipane, añadió—: Me dijiste que no meara fuera del tiesto, ¿no?

—También te dije que no tutearas a tus superiores —le advirtió el comisario—. ¿Has comprobado o no quién es este Luda?

La joven volvió a mirar la pantalla.

—Tiene ochenta y tres años, es de origen noble, es viudo, vive en el barrio de la colina. En su momento fue accionista de un banco y miembro de varios consejos de administración, pero se le conoce sobre todo por ser coleccionista de arte japonés. A unos cien metros de la Casa de la Divina

Providencia hay una tienda de antigüedades de mucho prestigio en los círculos del arte oriental. El dueño y Luda son amigos, y parece que Luda va a verlo cada 24 de diciembre para comprar algunos objetos que regalar en Navidad.

—¿Cómo sabes eso?

—He llamado.

—¿Adónde has llamado?

—A la tienda —contestó la chica—. Les he dicho que quería comprar algo y que estaba buscando la tienda de antigüedades de la que procedía una pieza que un coleccionista le había regalado a mi padre las pasadas Navidades. El propietario me ha preguntado si el coleccionista era Luda. Yo le he dicho que sí. Total, que me ha...

—Lo he entendido, lo he entendido, no estamos aquí para ver quién la tiene más larga. ¿Algo más?

La joven se apartó el mechón que le cubría la mitad de la cara. En el cuello, a la derecha, allí donde el pelo no estaba rapado y le descendía por la espalda, tenía siete pequeñas marcas de color azul. Tal vez las Pléyades. La cucharilla, en cambio, estaba en el lóbulo izquierdo.

—No —respondió.

—¿Y tú? —preguntó Arcadipane a Corso.

—No.

—Muy bien. Puedes irte.

La joven cerró el ordenador.

—¿Qué hago con esto? —preguntó mientras señalaba los cuadernos.

—¿Qué te ha dicho la monja?

—Que se los devuelva.

—Pues entonces devuélveselos.

La chica los metió descuidadamente en el bolso e hizo lo mismo con el ordenador. A continuación se levantó. Medía algo más de un metro sesenta, pero su delgadez la hacía parecer más alta y salvaje. Cuando llegó a la puerta y tenía ya la mano en el picaporte, se volvió.

—¿Cuándo volverás a enviarme fuera?

Arcadipane no la miró.

—Cuando aprendas a tratar de usted a tus superiores y a tener las manos quietecitas.

—¿Es decir...?

Arcadipane apagó el cigarrillo pisándolo en el suelo, no lejos del primero, para indicar que aquella conversación se había acabado. La joven salió.

Permanecieron en silencio unos segundos, que después se convirtieron en minutos. Pero Arcadipane tenía trabajo en la planta de arriba y no le gustaba fumar en aquella habitación sin ventanas.

—No creo que el octogenario Luda sea el hombre canoso de cincuenta años al que estamos buscando —comentó.

—Es probable. —Corso se rascó una mano—. Pero ¿qué harías si este caso no tuviera ya veinte años?

Arcadipane se encendió otro de sus cigarrillos y le dio una serie de caladas muy largas, meditativas, mientras giraba una y otra vez la cajetilla sobre la mesa. Primero en horizontal, luego en vertical, después otra vez en horizontal.

—Pero con una condición —concluyó.

—¿Cuál?

—Que lleves contigo a la chica.

Corso miró la silla vacía en la que hasta un poco antes había estado ella.

—Los de arriba o se la quieren tirar o no la pueden ni ver —explicó Arcadipane—. O todo a la vez. Tampoco es que ella haga mucho por facilitar las cosas. Lo mismo es lesbiana, no sé, yo no entiendo nada de estas historias. Pero necesita que alguien le enseñe a estar en el mundo. A lo mejor tú te encuentras en el instituto a chicas así todos los días.

—¿Por qué está sancionada?

Arcadipane trazó un par de círculos en el aire con el cigarrillo, como queriendo representar un conjunto de cosas.

—Es insolente, malhablada. Y encima hace quince días le rompió la nariz a un compañero.

—¿Por qué?

—Decía que estaba intentando meterle mano.

—¿Y es verdad?

—¿Cómo coño quieres que lo sepa? Tú has estado en mi puesto, ¿no? No es que uno venga aquí, abra el confesionario y todos corran a contarme sus pecados.

—Trasládala a otro destino.

Arcadipane negó con la cabeza.

—Con la cantidad de imbéciles que tengo aquí,

para una lista que me llega ¿pretendes que la mande fuera? ¡Me tomas por un gilipollas entonces! —Tuvo que estirar el pie para aplastar los restos del cigarrillo que había dejado caer al suelo—. Además, es la hija de Mancini.

Corso tardó un poco en reaccionar.

—Mancini...

—Mancini, Mancini —asintió Arcadipane—. Si fuese otro Mancini no te habría dicho que es la hija de Mancini, ¿no? —Volvió a rebuscar en la cajetilla—. Bueno, ¿qué? ¿Te la llevas?

26

El viaje fue breve: unos quince minutos para salir
del centro, atravesar el puente, subir las primeras
curvas cerradas y encontrarse por encima de la
ciudad. Abajo, el río, la plaza, las avenidas y, de
vez en cuando, el brillo del sol sobre algún parabrisas como único elemento vivo. «*El palpitar lejano de escamas de mar...*», pensó Corso. El teléfono
que la chica miraba desde que se habían subido al
coche emitió una señal.

—Gira aquí —le indicó ella.

Después de quinientos metros a través de una
carretera plana que discurría entre villas de estilo
liberty, saucos y verjas en torno a parques señoria-
les, llegaron al pequeño ensanche situado delante
del número 12, donde terminaba la calzada.

Bajaron, dejando el motor del Polar arrancado.

La cancela era de hierro forjado, sin florituras,
con bisagras fijadas a unas columnas de piedra antigua. Sobre la hoja derecha figuraba el nombre de
la familia; a la izquierda, un escudo de armas con
un unicornio, rodeado de hiedra. Más allá de la

verja la carretera continuaba, en una suave ascensión, dividiendo un elegante jardín en el que se habían plantado unos pocos árboles de gran altura y setos y plantas bajas, hasta llegar a la villa —digna, pero no pomposa—, situada en la cima de aquella elevación del terreno.

Isa se acercó al timbre y llamó. El sol caía sobre aquel claro, aunque atenuado por los árboles que crecían justo al otro lado de la verja. A pesar de eso, hacía calor y el asfalto estaba salpicado de pequeñas gotas de resina que no conseguían solidificarse.

—¿Sí? —preguntó una voz de mujer.

—Estamos buscando al señor Luda.

—¿De parte de quién?

—De la policía.

El interfono enmudeció.

Isa, que se había dejado la chupa en el coche y no llevaba consigo la pistolera, se apartó lo suficiente como para que Corso, que se había quedado un par de pasos atrás, entrase en el ángulo de visión de la cámara.

—Un momento. —Y se oyó el clic del auricular al colgar.

—Qué gilipollas —dijo Isa.

Corso separó las piernas y se metió las manos en los bolsillos.

Las horas que había pasado sentado en las escaleras, esperando a la policía científica, los turnos nocturnos de vigilancia, las tardes inmóviles en el escritorio, aguardando un informe, una orden, una

llamada telefónica o un momento de inspiración...,
aquello era lo que echaba de menos del oficio. Este
tiempo en el que estaba obligado a aburrirse, des-
montando y volviendo a montar las piezas dispo-
nibles.

Observó el parque que había detrás de la reja.
Exceptuando los arces y un magnolio, era incapaz
de reconocer ninguna de aquellas plantas. Sin embargo, saltaba a la vista que las habían elegido con
cuidado, de forma que ocultaran la casa en cualquier estación del año. Un diseño meditado, pero
sin caer en la fácil tentación del orden o del caos.
Un equilibrio que era un espejo del de la villa y del
de las montañas del fondo, apenas visibles en aquel
día de bochorno.

Se volvió hacia la chica. Ella se pasó una mano
por la frente, como si la estuviese molestando un
insecto.

—¡Ya me tienen hasta el coño!

Corso la vio dirigirse al coche, rebuscar en la
chupa y volver con decisión a la cancela. Ya tenía
la placa delante de la cámara y el dedo sobre el
interfono cuando la puerta de la derecha empezó a
abrirse.

—Guarda eso —le aconsejó Corso—. No hace
falta.

Subieron, más despacio en el último tramo,
donde el asfalto daba paso a guijarros color crema
del tamaño de una yema de huevo. Había algunos
detalles que se apartaban del pedigrí *liberty* de la
casa: una columna dórica, un parteluz, algunas vi-

drieras góticas, la piedra medieval de una fuente, un arquitrabe románico sobre la puerta de aquello que podría ser un garaje. En la otra ladera de la colina, entre los árboles, Corso descubrió un templete de madera, con aspecto oriental.

Luda los estaba esperando en el pórtico, a pocos pasos de donde habían dejado el coche. La piel tersa del rostro, el cárdigan color esmeralda, los pantalones anchos y exóticos y el cabello níveo y rizado hacían pensar que aquel hombre le había arrancado al tiempo un pacto más bien favorable.

—Amedeo Luda —se presentó. Sus manos y su complexión eran los únicos indicios de sus ochenta y tres años.

—Corso Bramard —respondió Corso—. Y ella —añadió señalando a Isa— es la agente Mancini.

Isa y aquel hombre intercambiaron miradas; el hombre, con dulce indiferencia, Isa, metiéndose las manos en sus estrechos bolsillos. Lo que en un principio parecía una camiseta de tirantes era, en realidad, una camiseta con las mangas cortadas.

—Nos gustaría hacerle unas preguntas —explicó Corso volviéndose para observar la carretera por la que habían llegado—. Solo serán unos minutos.

—Claro que sí —accedió el hombre—. ¿Quieren que paseemos un poco por el jardín o prefieren que entremos en casa?

—En casa estará bien.

El hombre fue delante de ellos en el recorrido

de la columnata; la puerta del fondo, que se había quedado abierta, conducía a un pasillo de paredes tapizadas por pequeños cuadros rectangulares, con imágenes de flores y bambúes. A ambos lados, como guardias a lo largo de un terraplén, había dispuestas pequeñas estatuas de terracota. El suelo era de madera y desde la habitación del fondo llegaba la cálida luz de un ventanal.

—Les ruego que se quiten los zapatos —les pidió el hombre mientras cambiaba sus zuecos por unas zapatillas dispuestas justo al otro lado de la puerta—. Ya sé que es un fastidio —sonrió—, pero a mi edad podría tener manías peores.

Corso se sacó con el pie izquierdo la sandalia derecha y, terminada la operación inversa, cogió un par de zapatillas del mueble que se encontraba junto a la puerta. Después le hizo un gesto a Isa. Quedaban otros seis pares, de varios tamaños, dispuestos en orden decreciente.

—Si la señorita no está de acuerdo —aceptó Luda, que ya iba por la mitad del pasillo—, no importa. La hospitalidad es la hermana mayor de las reglas y, como tal, la más sensata de todas ellas.

Lo alcanzaron en el gran salón: de las paredes, revestidas de verde antiguo, colgaban delicados paisajes y varias láminas de temática erótica. Por el sur, el ventanal daba a una terraza abarrotada de macetas.

—¿Puedo ofrecerles un té? —propuso Amedeo Luda—. Nuestra Ester lo prepara de maravilla.

Corso movió la cabeza para indicar, en nombre de los dos, que no era necesario. El hombre se sentó en el sofá y se dispuso a escuchar. Su rostro digno, su mirada castaña y sus labios femeninos hacían pensar en ciertas serenas elecciones monacales.

—¿Hace mucho que conoce a Domenico Tabasso?

—De toda la vida. —Luda asintió—. Su padre, Gianni, y yo éramos amigos desde los tiempos de la universidad. Yo estaba en el pasillo del hospital el día en que Domenico nació.

Corso rozó con la mirada varios cuencos *raku* que había sobre una mesa baja; después acercó el rostro a un atril con un libro abierto. Leyó la firma autógrafa de la primera página.

—Aquel fue uno de los encuentros más extraordinarios de mi vida —explicó Luda—. Tenía fama de ser un tipo esquivo, prácticamente intratable, pero alguien de la embajada nos consiguió una audiencia con él. A diferencia de mí, Gianni hablaba a la perfección el japonés y cuando Mishima se dio cuenta de aquello fue muy amable.

Corso siguió recorriendo la pared. Sobre un secreter, una copa con reflejos verde mate.

—Es un jade muy especial. Solo se trabajó a principios del siglo XVII —aclaró Luda—. ¿Es usted aficionado al arte oriental?

—Desgraciadamente, no —respondió Corso mientras se acercaba a la parte de la estancia que quedaba a la espalda del anfitrión—. ¿Ve usted a menudo a Domenico Tabasso?

—Desde que Gianni no está, menos, pero de vez en cuando me llama para pedirme consejo.

—En esos casos, ¿es usted el que se desplaza para verlo?

—Casi siempre. No es sensato mover sin motivo objetos tan delicados.

—Claro —asintió Corso.

En la repisa de mármol de la chimenea había una decena de fotografías. Entre aquellas en blanco y negro: una mujer con ropa de principios del siglo xx, probablemente su madre, y un hombre a caballo con el uniforme de la Real Caballería italiana. Las otras imágenes, en los desteñidos tonos de los años setenta, mostraban encuentros de amigos, la entrega de una condecoración, una pista de tenis y, por último, el señor de la casa posando, de joven, en la escalinata de un templo, junto a dos mujeres vestidas con trajes tradicionales.

Corso se volvió para observar la espalda del hombre, el cabello blanco y vaporoso que le cubría el cuello del cárdigan. Después buscó a Isa. La chica estaba jugueteando con el móvil apoyada en la jamba de la puerta. La miró durante el tiempo suficiente como para que ella levantase los ojos, y le señaló con la barbilla las fotos sobre la chimenea; luego dio unos pasos hacia el ventanal. Un gran buda con un lacado desgastado vigilaba la puerta.

—¿Suele ir a la tienda de Tabasso el día de Nochebuena? —preguntó mientras olfateaba el aire ligero que entraba por la puerta de cristal entreabierta.

Luda se volvió; en su rostro, la expresión liviana de costumbre.

—Elegir en el último momento algunos objetos que regalar a los amigos —respondió— es un hábito que tengo desde que Gianni abrió la tienda. Oriente me ha enseñado que las tradiciones son imprescindibles para la serenidad. ¿No le parece?

Corso asintió, observando el tapón de fino polvo que cubría la ciudad. Para ser sinceros, era una buena ciudad: voluntariosa, cívica y nada indiferente, pero también sucia y feroz a su manera. Se necesitaba cierta dosis de desencanto y de paciencia para comprenderlo, lo cual seguía induciendo a muchos a error. Sobre todo a los ingenuos, a los perezosos y a los impacientes. O sea, a casi todo el mundo. Sin embargo, ninguna de las personas presentes en aquella habitación pertenecía a una de esas categorías: Luda, porque era demasiado anciano; él, porque entender Turín había sido su oficio, y la chica, porque en ella moraban los mismos elementos que componían la ciudad: arrepentimiento, locura, deber, genialidad, geometría y algo vergonzoso de lo que no se es culpable, pero que se trata a toda costa de ocultar a los demás.

—Me temo que le estamos molestando para nada —se disculpó Corso—. Ha habido varios robos en esa zona y estamos comprobando las matrículas de ciertos coches. Una pérdida de tiempo, pero forma parte del protocolo. ¿Puedo salir?

—¡Se lo ruego! —respondió Luda mientras se levantaba para dejarle paso.

En la terraza, a la sombra húmeda y pegajosa de las plantas de las macetas, no había sillas ni mesas. Allí donde se le permitía, el sol desnudo desteñía un suelo de baldosas hidráulicas hexagonales, grises, granates y negras, que debían de proceder de alguna que otra vivienda.

Corso se acercó a la barandilla y Luda fue a su lado. Estudiaron la ladera descendente de la colina, verde, con tejados rojos intercalados; más allá, la blanca cúpula de la iglesia de la Gran Madre de Dios, el río y, por detrás de la gran plaza, el entramado de calles.

—Cuando era niño —recordó Luda señalando el río y la línea de coches aparcados a lo largo de su curso—, la playa fluvial se llenaba de sombrillas y bañistas desde junio. Había tan pocos vehículos que desde aquí podíamos oír las voces. Pero usted es demasiado joven para haber conocido aquella Turín. Además, me parece que es de Cúneo. ¿Me equivoco?

Corso se sacó del bolsillo una gominola de regaliz y se la llevó a la boca. Estaba tibia y oponía poca resistencia. No era lo que esperaba, pero en el fondo era lo único que habría tenido que esperar.

—De Roero —respondió.

El hombre asintió. Su rostro, a pleno sol, revelaba ahora la sutil escritura de las arrugas. A Corso le pareció reconocer una traza de maquillaje en la base de la oreja.

—A principios de siglo —explicó Luda, con las manos elegantemente ancianas apoyadas sobre la barandilla— una tía abuela nuestra se casó con un Revel, pero no tuvieron hijos, así que aquella rama de la familia se perdió. ¿Todavía se conservan todas aquellas granjas alrededor de Pralormo?

—Muchas.

—Es una zona espléndida, de tierra rica, subestimada. A mí siempre me ha gustado más que la Langa.

Corso dirigió la mirada al jardín que se extendía bajo ellos: un camino de madera corría entre islas de arena blanca perfectamente cuidada y algunas plantas. La mayor de ellas había depositado en el suelo un círculo de flores intactas de un intenso color lila.

—Bien, no le molestamos más —dijo, y dividió en dos la gominola de regaliz en el interior de su boca—. Ya le hemos hecho perder demasiado tiempo.

27

«Hoy hay huelga», le había anunciado la mujer gorda que cada mañana se subía con ella al autobús 47 de trayecto reducido. Y después: «Si me estás escuchando, haz como yo —añadió, antes de darse la vuelta y volver sobre sus propios pasos, con el cuello de piel de zorro falsa y los paquetes de detergente con los que acudía a limpiar al centro de la ciudad—. ¡Da media vuelta y vete a casa!».

Cuando se quedó sola bajo la marquesina, reflexionó durante largo tiempo. La oscuridad apenas se había levantado. Hacía mucho frío. La ciudad se había envuelto en un ruido de coches. El cielo estaba nublado.

Podía regresar a su bloque de apartamentos con azulejos verdes, llamar al timbre, esperar a que su madre reuniese fuerzas para salir de la cama, y luego subir las escaleras, dejar la mochila, encender el televisor y pasarse la mañana en el sofá, echando un vistazo de vez en cuando a la habitación en la que la madre se habría vuelto a esconder, con las persianas bajadas y las medicinas para el dolor de cabeza en la mesilla de noche. O bien esperar en el bar de debajo de casa, el de las máquinas tragaperras, hasta que llegase la hora a la que solía estar de vuelta. Esto era lo que hacía cuando había huelga o no tenía ganas de ir al colegio.

Pero aquel día, sin saber cuándo ni cómo lo había decidido, se encontró caminando a lo largo de las calles que, hasta ese momento, existían solo para ella a la velocidad del autobús 47 de trayecto reducido. Y lo mismo había hecho el día después, y también los siguientes, y así durante todo el invierno entre sus ocho y sus nueve años: se despertaba una hora antes de que amaneciera, recorría las calles a paso veloz, envuelta en la cazadora cortavientos amarilla que había heredado de su prima, y, a pesar de del madrugón y de su diligencia, llegaba a la escuela siempre con retraso, porque el edificio se encontraba nada menos que al otro lado de la ciudad, cerca del parque, del río y del piso en el que vivían antes de que a su padre lo descubriesen muerto en Medina por nadie sabía qué motivo.

Sus maestras habían atribuido aquel comportamiento a lo que estaba sucediendo en su casa, a la tardanza de los servicios sociales en hacerse cargo de la situación o al hecho de que no tuviese billetes para el autobús. A ella le venía bien. Jamás habría confesado que la única razón por la que lo hacía era el maravilloso olor que su cuerpo desprendía tras toda aquella caminata. Un olor que convertía en insignificantes las miradas de las maestras, las risitas de los compañeros, los azulejos verdes, las medicinas de la madre, las prácticas de gimnasia en vaqueros y aquello que nadie quería decirle.

El primero que se percató de aquel olor fue un chico al que se le daban genial las matemáticas y fatal todo lo demás y que se sentaba a su lado. Después, el resto, maestras incluidas, empezaron a dejar de molestarla cuando no quería que la molestaran, es decir, siempre.

Al final de aquel invierno ya no necesitaba atravesar la ciudad a pie: el olor formaba ya parte de ella.

Volvió a tomar el autobús 47 de recorrido reducido y nadie se preguntó por qué.

—¿Has hecho una foto de esas imágenes?

Isa miró la cara del hombre que estaba junto a ella, escondido en parte tras su barba, en parte tras su pelo, ni rizado ni liso. En cuanto entró en la sala de interrogatorios percibió el olor de su piel. Un olor complejo y tranquilizador, como esas cosas que son tan viejas que no merece la pena preguntarse cuándo nacieron. No vivía en la ciudad, pero olía a acera mojada. No fumaba, pero olía a tabaco, como si tuviese bajo la piel una reserva de cigarrillos de la que debía deshacerse. Y también olía a perro. Y con su voz pasaba lo mismo. Perro, perro, perro.

—¿Por qué no le has preguntado por la tía esa de la Casa de la Divina Providencia? —quiso saber.

Corso tomó la vía de servicio y paró el coche en

la primera sombra libre de un platanero, a unos metros del puente bajo el cual el río parecía discurrir en la dirección equivocada.

—No me gusta preguntar por cosas que no sé —respondió—. ¿Y las fotos?

Isa sacó el portátil del bolso, conectó el móvil, esperó a que el ordenador reconociese la fuente externa y empezó a hacer pasar las imágenes que había tomado de las fotografías de la chimenea de Luda.

—Esta —señaló Corso.

Bajó del coche, abrió el maletero y volvió con un sobre amarillo. De él extrajo varias fotografías de gran formato.

—Clara Pontremoli el día en que la encontraron —explicó.

Isa la acercó a la fotografía de la pantalla, en la que una decena de personas posaban en el jardín de una gran casa de campo; tras ellas, la mesa en la que habían almorzado y un columpio. Con uno de los dedos envueltos rozó la cara de la chica que aparecía sentada en el suelo, con las piernas cruzadas.

—¿Es ella?

—Creo que sí, cuando tenía dieciséis o diecisiete años.

—Y este parece Luda.

Corso asintió.

—Es probable que en la foto estén también el padre y la madre de Pontremoli.

—Debían de ser muy amigos si Luda tiene una foto de ellos en la chimenea.

—Aparecen unas diez personas, puede que los amigos cercanos sean otros.

—Lo cual explicaría por qué Luda nunca ha ido a ver a Pontremoli, a pesar de que su amigo anticuario esté a dos pasos de la Casa de la Divina Providencia.

Corso meditó, observando el lustrosísimo volante del Polar.

—Puede que fuera a verla en el pasado. Los registros solo recogen los siete últimos años. Y, de todas formas, por ahora todo esto no significa nada.

—Pues si «por ahora todo esto no significa nada», ¿de qué coño estamos hablando?

Corso cogió la fotografía y volvió a colocarla en la carpeta.

—¿Crees que podrás averiguarlo?

—¿Averiguar qué?

—Quiénes son las demás personas que aparecen en la foto.

Isa miró hacia fuera a través de la ventanilla. Odiaba aquel barrio, el bar que tenía delante, la gente que en unas horas se apelotonaría allí para tomar el aperitivo y el pinscher de la señora que se estaba subiendo al taxi en el cruce. De buena gana lo ahogaría con una cuerda y después lo tiraría al río. Se llevó una mano al vientre.

—Pues haré la mierda que me estás pidiendo porque, si no, Arcadipane no me devolverá nunca la pistola. ¿Tienes una dirección de correo electrónico?

—No.

—¿Un ordenador? ¿Un teléfono móvil?

Un coche de color verde oscuro se detuvo unos metros más allá. El tipo que lo conducía, vestido de chaqueta, se encendió un cigarrillo. Corso se sacó del bolsillo su móvil.

—¡Madre del amor hermoso! —exclamó la joven—. ¿Qué se puede hacer con esto?

—No mucho.

—¡Deshazte de esta cosa antes de que te contagie el tétanos! ¿Cómo te encuentro cuando haya averiguado lo que tengo que averiguar?

Corso le dio el número de teléfono de casa y después sacó de la cartera una nota de papel en la que le había escrito su número de móvil. Isa estaba grabando los números en la agenda de su iPhone cuando el teléfono sonó. Corso leyó «Eli» en la pantalla.

—¡Oh! —respondió Isa—. No, ahora no puedo. —Pausa—. Mira, haz lo que te salga de ahí mismo. Me importa una mierda.

Colgó, apagó el ordenador y abrió el bolso para guardarlo.

—¿Qué sabes de Otoñal? —preguntó Corso.

—Sé que secuestraba a mujeres —repasó Isa sin dejar de hacer lo que estaba haciendo—, les bordaba la espalda y se aseguraba de que las encontrasen, desangradas. Después de la tercera te pasaron el caso, pero mientras investigabas sin encontrar una mierda, el tío este mató a otras dos más y luego también a tu mujer y a tu hija. Tú te viniste abajo, empezaste a beber y a drogarte, hasta que le pusiste la mano encima a uno de la brigada de delitos contra la moral pública y te fuiste de la policía un minuto antes de que te echasen.

—Jamás me he drogado.

Isa se encogió de hombros para indicar que le era indiferente.

—Más tarde trabajaste unos meses como detective privado para una gran empresa industrial, pero seguías bebiendo. Al final un amigo te ayudó a salir de aquello y, ya limpio, volviste a vivir en la casa de tu familia, en mitad de las colinas. Gracias a tus antiguos estudios universitarios conseguiste trabajo en un instituto, donde desde hace diez años das ocho horas de clase a la semana. Y has vuelto a escalar. Nada de amigos íntimos ni gente a la que veas con frecuencia. El único familiar, un tío. Ingresos: unos setecientos euros al mes. Nada de mujeres. A veces juegas a las cartas en el bar. Abstemio. No tienes armas sobre las que se hayan presentado denuncias. No consta que hayas intentado conseguir ninguna.

Corso la miró fijamente.

—Les has tocado las narices a los servicios de la policía, ¿no? —Ella se rascó la nariz—. El resultado es un bonito expediente que acaban de reabrir.

—Aquello fue hace treinta años.

—Eso da igual, quien les toca los huevos se queda ahí atrapado de por vida.

—¿Y tú cómo te has enterado?

—¿Yo?

Isa se volvió para coger la chupa del asiento de atrás, la metió en el bolso junto con el portátil, cerró la cremallera y evaluó el peso del conjunto como si fuese un objeto cuyo valor dependiese de sus kilos.

—Utilizo el ordenador mejor que ellos —dijo estirando las piernas para meterse el iPhone en el bolsillo de los vaqueros—. Yo me bajo aquí. Te llamo esta noche. ¿No serás de esos que se acuestan temprano?

—Sufro de insomnio.

—Mira, por lo menos tenemos una cosa en común.

Corso la vio alejarse sobre sus dos largas piernas de mujer joven, con esa manera de andar segura, elástica y fluvial de los soldados eslavos. Arrancó el coche y llegó al cruce. En la arteria principal el tráfico era denso. Notaba sus vibraciones a través de la carrocería del Polar. El semáforo se puso en verde, pero mientras levantaba el pie del embrague oyó como alguien daba golpecitos en la ventanilla. La cara de Isa a pocos centímetros de la suya. Bajó el cristal.

—¿Es verdad que mi padre estaba hasta arriba de mierda en los servicios policiales, como dicen? —le preguntó la joven.

Corso sintió en la punta de los dedos la electricidad de quien quiere fumar y recordó la elegancia de los cigarrillos Gitanes, su cilindro perfectamente blanco, grande, monocolor, y la fuerza con la que la ceniza se aferraba al tabaco.

—Fueron años muy difíciles —respondió.

Ella lo estudió con la mirada, levantó el dedo corazón para el conductor que, detrás de ellos, había probado a hacer un tímido e incipiente toque de claxon, y se fue.

28

—Adelante, señor Monticelli, el doctor le está esperando.

Jean-Claude Monticelli cerró la revista, cogió el maletín y se levantó del amplio sillón en el que se había sentado hacía poco. Atravesó la sala con paredes revestidas en madera de nogal, sonrió a la joven secretaria que un par de años atrás había sustituido a Renata —quien, después de jubilarse, se retiró a su casa de Mallorca junto con su marido— y entró en la consulta.

Siempre le había parecido modesta, casi desaliñada, teniendo en cuenta los honorarios que se pagaban allí y el indiscutible gusto de Klaus por las cosas bellas, especialmente si eran rubias o si podían superar los doscientos cincuenta kilómetros por hora. Sin embargo, pensaba que aquello tenía su razón de ser: las referencias a la caducidad de la vida no pueden prescindir de un toque de miseria.

Se sentó sobre el plástico barato de la única silla que había delante del escritorio de Klaus, de madera laminada, y sonrió. A Klaus no le gustaba que los pacientes entraran acompañados. Padres, cónyuges y familiares políticos tenían que esperar en la sala hecha para esperar. Por eso, delante del escritorio solo había una silla. Por eso, en las paredes no había ni cuadros ni certificados. Nada de distracciones.

—Bueno, pues aquí estamos —saludó Klaus.

En un juicio sumario se concluiría que era un Rembrandt con vientre prominente y cabeza de toro sobre la que había una fila de unos pocos pelos, de un rojo algo más tenue que el de la barba. En una de sus mejillas tenía una verruga, no exenta de virilidad. Si se observasen algo mejor los detalles, se percibirían una nariz chata, unos lóbulos perforados, pero sin pendientes, y unas manos un par de tallas más pequeñas que el resto del cuerpo.

—Aquí estamos —respondió Monticelli colocándose el maletín sobre las rodillas—. ¿Lo tienes todo?

El hombre desenlazó sus pequeñas manos, sacó una carpeta del cajón y la dispuso justo en el centro del escritorio. La portada, plastificada, llevaba el nombre y el logotipo de su consulta. El logo había sido idea suya. Se inspiró en el recuerdo del diseño que veía en el letrero del Bar del Renano donde, cuando era pequeño, su madre lo mandaba a buscar a su padre. Representaba una colmena sobre un nido de víboras. Solo cuatro personas sabían aquello.

—Échale un vistazo —propuso.

Monticelli cogió la carpeta y hojeó con calma las cinco páginas que contenía. La sala estaba perfectamente aislada y el palacete de dos plantas en el que se encontraba se había levantado en una zona de colinas, exclusiva, a cinco minutos del centro de la ciudad, pero sumergida en un verde paisaje. En definitiva, sin ruidos y con vecinos provistos de una genética vocación de confidencialidad.

—Me parece convincente —opinó mientras volvía a cerrar la carpeta—, pero eres tú el profesional. ¿Qué te parece?

Klaus se encogió de hombros.

—Este tipo de carcinoma no requiere muchos exámenes y tiene una evolución muy rápida. Además, es compatible con la historia clínica, con el aparente buen estado de salud actual y con la perspectiva de un fallecimiento al cabo de pocos meses. Evidentemente, si alguien comprueba los valores en una muestra de sangre o de orina descubrirá que son falsos.

—¿A lo mejor porque son falsos?

Klaus sonrió, enseñando un diente de oro. Una viejísima historia.

—Imagino que no debo preguntarte para qué lo vas a utilizar —añadió.

—¿Te gustaría saberlo?

—No, pero no quiero que nadie me relacione con esto. Tampoco las personas a las que les he pedido que hagan lo que les he pedido que hagan.

Monticelli cogió un caramelo del cuenco transparente que había sobre el escritorio. Lo desenvolvió, se lo llevó a la boca y enrolló el papel en el que había estado envuelto hasta convertirlo en una gran espina de acacia.

—¿Hace cuánto que nos conocemos? —preguntó mientras la colocaba sobre el escritorio, como la aguja de una brújula que señalase el este.

—Hace veinte años me pagaste para que diese un falso testimonio.

—¿Alguna vez has sabido por qué?

—No.

—¿Alguna vez ha venido alguien a pedirte cuentas de aquello?

—No.

—Y durante veinte años hemos sido muy buenos amigos.

—Muy buenos.

Monticelli extendió las manos y las mantuvo suspendidas hasta que el hombre sonrió, esta vez de una forma más amplia, mostrando ahora un segundo diente de oro.

—¿Nos tomamos una copa?

—Más tarde —respondió Monticelli.

Hizo saltar los cierres de su maletín, buscó en su interior y puso encima del escritorio tres sobres blancos.

El hombre que se parecía a Rembrandt los abrió y contó rápidamente el dinero.

—Muy exacto —dijo.

Monticelli asintió mientras seguía hojeando la agenda que se había sacado del bolsillo. Cuando llegó a la página que buscaba, tachó la segunda palabra de la lista. Una marca de grafito de cuya nitidez y limpieza se sintió orgulloso.

29

—La foto se tomó hacia mediados de los años setenta. Con lo que tenemos, es imposible ser más precisos. Los dos niños en cuclillas son Clara Pontremoli y su hermano, Gregorio, que tenía tres años más que ella. El tercer chiquillo, el más pequeño, no sé quién es. Quizá el hijo de la tercera pareja, que no he conseguido identificar. Las otras dos parejas son Luda y su mujer, en el centro, y los padres de Gregorio y Clara Pontremoli, a la izquierda. En el caso de los Luda ha sido más difícil, pero al final he encontrado algunas fotos antiguas en la prensa local: inauguraciones, encuentros de asociaciones, una cena de beneficencia. En el caso de los Pontremoli hay muchísimas fotos: los periódicos publicaron la noticia del suicidio de la madre, del accidente del hijo en Grecia y del infarto del padre.

Silencio, sonido de unos dedos tecleando, música de fondo. «No exactamente música», pensó Corso.

—El padre, Bartolomeo Pontremoli, siempre

trabajó en el sector inmobiliario: primero en una empresa suya y después en varias consultorías. Grandes inversiones; ganó mucho con la ampliación de Turín de los años sesenta y setenta, pero la fortuna ya le venía de familia. Era amigo de todos: sacerdotes, democristianos, comunistas... pero sin afiliarse a nada. Ninguna mancha en su currículum profesional y personal. Fue socio e inversor de dos librerías, una de libros antiguos, en el centro, y otra especializada en ciencia. Alguna colaboración para obras de caridad. Miembro de la junta directiva de varias asociaciones culturales. En su obituario hablan de él como «una de las primeras personas que introdujeron en Turín, en los años sesenta, el arte moderno y contemporáneo de Japón, gracias a sus numerosos viajes a Oriente». Probablemente fue así como conoció a Luda, porque, por lo demás, estudiaron cosas distintas: Luda hizo Derecho y Pontremoli acabó Economía en el año... justo después de la guerra. En cuanto a la mujer... —tecleó—, se llamaba Gallizio Beatrice. Se casaron en el 52. Ella tenía diez años menos, era de buena familia, estudió Magisterio y luego se matriculó en la universidad, pero no la terminó. En el 54 nació su hijo Gregorio y en el 57, Clara. Ella nunca trabajó. No se recuperó del secuestro de su hija: depresión, psicofármacos, un ingreso, varias semanas en el psiquiátrico y después se tiró por el balcón. Desde un segundo piso, pero fue suficiente. Parece que existe un informe en formato papel de la llamada y del reconocimiento de los

Carabinieri, pero ahí se quedó la cosa, jamás se informatizó. Tú estabas ya en el caso por aquel entonces, ¿no? ¿No te habías enterado?

—Me enteré.

—Dos años más tarde murió el hijo, Gregorio. Un accidente de tráfico en Grecia, donde estaba de viaje de estudios, por su carrera académica, Filología Clásica griega. Un camión invadió el carril contrario al tomar una curva y él salió despedido de la carretera, que no tenía guardarraíles. El coche se estrelló contra las rocas. Fin de la historia. La noticia salió en los periódicos. Con algunas fotos. Quedó hecho un cristo. Parece que el padre lo enterró en el cementerio de una pequeña isla griega para que pudiese tener «el mar ante él y sus amados vestigios arqueológicos a su espalda».

Silencio, algo que se vierte en el vaso, efervescencia, deglución, más música no música.

—Sobre Luda, en cambio, aparte de lo que te dije el otro día y de la noticia de la muerte de su mujer en el año 87 «tras sufrir una larga enfermedad, amorosamente atendida por su marido», no encuentro un carajo. No tuvieron hijos. En cuanto a la otra pareja, sin un nombre no puedo hacer nada. Tampoco con el tercer niño. Así que yo diría que estamos en el punto de partida, o sea, en una situación de mierda.

Corso separó la espalda de la pared junto a la que había permanecido durante toda la conversación telefónica y se apoyó en el alféizar. Por la ventana entraba el aire ágil y fresco de la noche. A lo lejos, el resplandor de una tormenta. La música que llegaba del auricular era canto gregoriano.

—Has hecho un buen trabajo —la felicitó—. Ahora al menos estamos seguros de que los Pontremoli y los Luda se conocían.

—Pero ¿no has dicho que eso no significa nada? Además, esta historia me importa un carajo, así que hazme el favor de no lamerme el culo. Estoy haciendo lo que dices simplemente porque el jefe es amigo tuyo.

Corso movió la cabeza hacia la derecha, hacia la izquierda y hacia atrás para estirar el cuello; después miró la mesa, aún puesta, en la que se encontraba el expediente de Otoñal. Antes de que el teléfono sonase había estado revisando todas las declaraciones, los informes de la policía científica y las fotos de la cabaña en la que se encontró a Clara Pontremoli. Ella era la clave: la mujer con la que todo había comenzado, la única a la que Otoñal había dejado con vida, aquella a la que el pelo del sobre le estaba diciendo que volviera.

Pero ¿qué relación había entre ellos? ¿Eran amantes?

Ninguna de las personas cercanas a Clara Pontremoli había mencionado un romance, ni siquiera la posibilidad de que la chica sintiese alguna simpatía por otro. Nada de nuevos conocidos, nada de cartas, llamadas de teléfono, horas vacías, mentiras: de la investigación se concluía que la vida sentimental de Clara se limitaba a su novio, quien, en los días del secuestro, se mantuvo bajo una estrecha vigilancia, así que jamás habría podido llegar a la cabaña sin ser descubierto.

¿Y Luda? Aparca delante de la Casa de la Divina Providencia los mismos días en que Otoñal va a visitar a Pontremoli. Conoce a Clara desde que era niña porque es un íntimo amigo de su padre y, como él, un apasionado del arte oriental. Sin embargo, Luda es demasiado mayor como para ser Otoñal.

Corso se acercó a la mesa, miró la foto del interior de la cabaña, el suelo cubierto de hojas.

—¿Te has muerto? —se oyó en el auricular—. Bueno, ¿qué coño hacemos?

Corso cogió un trozo de queso del plato, se lo llevó a la boca y lo masticó muy lentamente.

—Vamos a hacerlo a la manera de la vieja escuela —respondió.

—¿O sea...?

—Vamos a hablar con una puta.

30

Estuvo dos horas dando clase; después pasó una hora en la biblioteca, corrigiendo exámenes, y otra paseando por el patio, haciendo tiempo hasta que llegase la clase de la una. Los miércoles Monica tenía el día libre, así que no habló con nadie, salvo con una compañera que le pidió que durante la última hora se encargara de dos estudiantes que seguían saltándose su clase para evitar que los sacara a la pizarra para evaluarlos. Cuando al final de la jornada sonó el timbre, esperó a que la clase y los pasillos se quedaran vacíos; después fue a la sala de profesores para dejar su registro de alumnos ausentes y bajó al comedor del instituto. Comió sin apetito. Tenía una cita con Isa a las tres y media frente al teatro situado a la entrada de la ciudad. Pidió un café. Un aspa del ventilador del techo del comedor crujía. Los periódicos eran algo que no manejaba desde hacía años. A lo sumo, un poco de radio. La espera hasta las tres de la tarde se le hizo larga.

Cuando salía del centro camino del Polar vio a

los dos estudiantes, que estaban fumando, apoyados en la verja exterior, con un pie contra la pared. Cuando se dieron cuenta de su presencia, bajaron la pierna.

—¡Gracias, profesor! —exclamó el delgado, el más listo—. ¡Nos ha salvado!

Corso abrió la puerta del coche. No le caían bien, sobre todo el delgado y listo, que lo era de una forma vulgar. En los tiempos en los que su vida era fácil, habría calificado al otro de estúpido. Pero era buena persona, solo tenía tres pantalones —que iba rotando a lo largo del año—, y no podía hacer grandes avances ni tampoco, por tanto, grandes daños.

—Le he dicho que mañana os presentaréis voluntariamente a salir a la pizarra —respondió.

—¿Mañana? —preguntó el estúpido con la voz helicoidal que tienen los estúpidos.

—¿Qué tenéis que hacer hoy?

—Nada —dijo el estúpido.

—Yo tengo fútbol —apuntó el otro.

Corso se sentó al volante.

—Le he dicho mañana —explicó—. Depende de vosotros.

Avanzó rápido. La carretera estaba limpia y fluida. El día, aún caluroso, pero despejado y primaveral. El trigo, el centeno y todo aquello que el calor asfixiante de las últimas semanas había hecho crecer demasiado deprisa parecía tomarse un respiro, apoyándose en un viento apenas fresco, apenas viento, y en la sombra de ciertas nubes prometedoras.

Isa lo esperaba sentada en la acera. Junto a ella, una motocicleta de enduro, alta, negra, agresiva y con un depósito que, desde luego, no era del fabricante original. Se había quitado el casco, pero no la chupa, y estaba escribiendo en su iPhone. Cuando lo vio se colgó el bolso en bandolera, se puso el casco y se montó en el sillín.

Después del paso elevado sobre las vías del tren, Corso dejó atrás un par de semáforos, situados muy cerca el uno del otro; a continuación puso el intermitente y aparcó. Isa se detuvo en la sombra lateral de un kiosco y acto seguido, una vez sujetos con cadena el casco, la rueda y el bastidor, recorrió los pocos metros que la separaban de la puerta ante la que él ya la estaba esperando.

Uno de los palacios *liberty* más bellos. Solo dos colores: ladrillo y gris. Ventanas mirador no demasiado pronunciadas y una fachada cóncava que acentuaba el redondo formato de las dos amplias calles monárquicas a las que miraba. Mucho tráfico, un semáforo colgante que lo regulaba, vías de servicio y las sombras alargadas propias de la segunda mitad de la tarde.

Corso llamó a uno de los timbres. Las nubes oscuras habían subido unos grados en el horizonte hacia la ciudad.

—Madame Gina —dijo.

La puerta se abrió de repente, dando paso a un amplio vestíbulo de mármol. El ascensor estaba bajando, pero, sin decirse nada el uno al otro, tomaron las escaleras. Isa llevaba puestos los pantalones de la víspera, una camiseta militar, también con las mangas cortadas, y un cinturón trenzado. El pelo, sudado por el casco. A Corso le pareció advertir en su cuello un pequeño hematoma que antes no estaba ahí.

Las puertas de la tercera planta no tenían letreros y eran todas iguales; exactamente como las de los demás rellanos. Corso llamó a la de la derecha. Ninguno de los dos había dicho todavía ni una palabra.

Madame Gina abrió.

—¡Hola, Bramard! —saludó—. ¡Me alegro de volver a verte!

—Yo también, Gina.

—Cuando me llamaste no creí que fuese verdad. Poneos cómodos.

Atravesaron el pasillo y entraron en el salón de música. El techo, cubierto de frescos, parecía convertir en ingrávida a la bóveda, y las paredes forradas de libros daban la impresión de ser otro engaño del pintor. Un piano de cola bajo la ventana mirador, una mesa baja y, a su alrededor, cuatro sillones decimonónicos, alineados a la perfección, como si fueran los pétalos de una flor. Nada más.

—Por favor.

Se sentaron en una disposición no premeditada, pero tampoco casual.

—Te veo bien —observó Madame Gina—. Incluso más...

—¿Viejo?

La mujer sonrió. El mismo rostro que Jeanne

Moreau, la misma elegancia. La mirada de quien tiene un arsenal en el sótano, pero prefiere evitar el estruendo.

—¿Es tu novia? —preguntó mirando solo a Corso.

—Una compañera.

—¿Profesora?

—Policía.

Madame Gina asintió mientras miraba largamente a Isa por primera vez. Una mirada cargada de excelentes consejos. Por lo demás, la calma de aquella sala y de lo que estaba pasando en ella parecía haber contagiado a la joven, que estaba sentada quieta —aunque tampoco puede decirse que de manera decorosa—, observando a la mujer como quien observa el fuego de una chimenea.

—Tengo una foto de los años setenta —anunció Corso—. Me gustaría que me dijeses quiénes son las personas que aparecen en ella.

Madame Gina cogió un cigarrillo de un estuche de alabastro que, como un animal que anhelase ser tocado solo por ella, permanecía sobre la mesa. Lo encendió. Tenía unos dientes sorprendentemente hermosos y, sin duda alguna, más de sesenta años. Las manos eran propias de alguien que había pasado mucho tiempo al aire libre en su juventud, pero después lo remedió.

—El tacto nunca ha sido la virtud que más admiro en ti. Vamos a verla.

A una señal de Corso, Isa colocó sobre la mesa su ordenador y lo encendió. Madame Gina se sacó una funda del bolsillo del chaleco que llevaba sobre la blusa y sobre la falda, que le llegaba apenas por encima de la rodilla. Extrajo unas gafas redondas y se las acomodó sobre la nariz. Solo necesitó unos segundos.

—Estos de la izquierda son los Pontremoli; los del centro, los Luda, y los de la derecha, los Tabasso. En cuanto a los niños, no tengo motivos para pensar que no son los dos hijos de los Pontremoli y el niño de Tabasso, Domenico, que me parece que continuó con el negocio de antigüedades que tenía su padre. El hijo de los Pontremoli murió. La hija, sabes mejor que yo cómo acabó.

Alguien llamó a la puerta. Madame Gina posó el cigarrillo sobre el borde de un gran cenicero y se levantó.

—Disculpadme —pidió mientras se dirigía al pasillo.

La puerta que se entreabre.

—Buenos días, Amilcare —le oyeron decir a Madame Gina—. No, no llegas demasiado pronto. ¡Pero qué aspecto tan bueno tienes hoy! Ah, ¿sí? ¿Pero cuándo? Has hecho bien. Hay que cuidarse, como sea, como sea. Joséphine está en la segunda planta. Si quieres, pásate después a tomarte un café y charlamos un rato. Claro que sí. ¡Hasta luego, querido!

La mujer volvió, se sentó de nuevo y recuperó el cigarrillo, que durante aquel tiempo parecía haberla esperado sin consumirse.

—¿Qué tipo de gente era? —preguntó Corso.

—¿Los Pontremoli, Luda y compañía?

Corso asintió.

—Ricos, cultos, refinados, pero sin ostentaciones, sin afán de lucirse.

—¿Alguna vez has tenido algo con ellos?

—Con Tabasso alguna que otra vez, pero nunca fue un cliente habitual de mi casa ni de las demás. Yo creo que, en general, su matrimonio iba bien.

—¿Y Luda?

—Homosexual. Siempre lo fue. Se casó bastante mayor con una buena amiga suya, más o menos de su edad. Aquel apaño les venía bien a los dos, pero ella murió unos años después. Creo que él lo pasó mal de verdad. Obviamente, no tuvieron hijos.

—¿Él estaba liado con alguno de los otros dos?

—No, la cama no formaba parte de su amistad.

Madame Gina deslizó la mirada por la ventana, el piano, los libros y el resto de los objetos bellos que la rodeaban. Hacía más de cuarenta años que era dueña de aquella casa. Ni la merecía ni la heredó ni la buscó, pero supo protegerla y conservarla. Y disfrutarla.

—Esperaba que ya no utilizases esas sandalias —confesó—. En invierno ¿sigues llevándolas con calcetines?

Corso no apartó ni un milímetro los ojos de los de ella, aunque no lo miraban. Dejó que terminase el cigarrillo y apagase lo que quedaba de él presionándolo contra el cenicero. Después Gina descruzó las piernas, volvió a cruzarlas y se estiró la falda.

—Tu amiga es tan bonita como reservada...

—Es su trabajo.

En las mejillas de Madame Gina se formaron dos hoyuelos de pura diversión.

—¡Esto —se rio— sí que es algo que siempre me ha gustado de ti! Eres tierno como un pollito, como un niño que duerme, como el pan cuando fermenta, o bien eres un crío orgulloso que se pone al revés los calzoncillos. A veces incluso como Chopin cuando intenta conmover y lo consigue. Eres tierno, pero no eres tierno. Eres mi Keaton en sandalias.

Corso descubrió con el rabillo del ojo un principio de sonrisa en los labios de Isa.

—¿Alguna vez has oído hablar de las *belles ronfleuses*? —preguntó Gina.

—Nunca.

—A principios de los años setenta hubo una casa en esta ciudad en la que los ancianos podían pasar la noche junto a chicas dormidas, muy jóvenes. Los hombres llegaban cuando ellas ya estaban durmiendo, después de tomar un somnífero, y se iban antes de que despertaran. Así los viejos podían acariciarlas, olerlas o al menos dormir toda la noche junto a un cuerpo joven, sin que las chicas los viesen y sin que ellos sintiesen vergüenza. No estaba previsto que hubiese sexo; de hecho, se prohibió estrictamente, y solo podía acceder a aquella casa un puñado de personas, peces gordos, seleccionados con todo cuidado, capaces de respetar las normas. En fin, no era una cuestión de dinero.

—¿Pero...?

—Pues que hubo quien no respetó las normas. Una de las chicas se quedó embarazada. Era menor de edad. Estuvo a punto de saltar el escándalo, pero se consiguió acallar el asunto porque entre los clientes había políticos importantes, gente que venía en avión desde Roma para pasar aquí la noche y también hombres de la Iglesia. Probablemente la familia de la chica recibió un montón de dinero a cambio de que tuviese la boca cerrada. O tal vez ni siquiera fue necesario hacerlo. De todas formas, la casa se cerró y no se habló más del tema.

—¿Y nuestros amigos?

Madame Gina asintió.

—No sé cuándo empezaron, pero hasta que estalló aquella podredumbre fueron ellos los que gestionaron la casa, buscaron a las chicas y seleccionaron a los clientes. Repito, no era una cuestión de dinero, ninguno de los tres lo necesitaba.

—La belleza.

—¿Qué si no? Eso sí, si estuviese en tu lugar, no metería mucho la nariz en este asunto. La reputación es algo que la gente no quiere perder ni muerta.

Corso se atusó la barba con una mano; la otra la dejó abandonada sobre el tejido, demasiado pesado y demasiado marrón, de sus pantalones. Después se levantó.

—Voy un momento al baño.

—Ya sabes dónde está.

Isa le echó un vistazo a su iPhone, que estaba vibrando, lo soltó de nuevo en el bolso y recogió el ordenador, que seguía sobre la mesa.

—Es un hombre dulce —comentó Gina—. ¿No le parece?

—Sinceramente, me importa una mierda.

—¡Vaya modales! —Gina sonrió—. Los hombres dulces son escasos, sobre todo aquellos que tienen principios y actúan en consecuencia. Todas esas cosas son escasas. Si no se aprende a reconocerlas, acaba una llevándose a casa un montón de basura. ¿Usted fuma? Si quiere, coja un cigarrillo. No suelo ofrecer porque el mentol es horrible. ¿Sabe por qué se salió él de la policía?

Isa respondió que no con la cabeza a ambas preguntas. Madame Gina encendió un cigarro, dio una calada exploratoria y asintió.

—Ya le advertí a ese imbécil que me dejara en paz, pero debió de pensar que en el estado en el que estaba, después de que...

Dio una larga calada y sonrió; parecía la mismísima Moreau en una película en la que, sumergida en una bañera, hace memoria.

—Yo había pasado la noche allí, encerrada, y no estaba en absoluto de buen humor, pero aun así lo disfruté. Le arrastró la cara por todo el mostrador; luego lo sentó en el escritorio, lo obligó a firmar la autorización y le dio tal patada en los huevos que parecía que se había roto un ventanal. Durante todo ese tiempo en la oficina no se oyó ni el vuelo de una mosca. Nadie movió un dedo.

Cuando salió de allí fue a presentar su dimisión... y *voilà*. Creo que fue la única vez.

—¿Habéis follado?

Madame Gina miró a la chica que tenía delante, de la que no sabía nada, pero de la que lo había entendido casi todo. Su sonrisa adquirió un cariz más volátil.

—Si me hace esta pregunta, me demuestra que lo conoce poco. ¿Usted se enamora siempre así, de buenas a primeras?

—No.

Corso apareció en la puerta.

En el baño se había mirado durante un buen rato la cara en el espejo, intentando encontrar el vínculo entre Pontremoli, Luda, Tabasso y Otoñal. ¿Existía alguna relación entre el asunto de las *belles ronfleuses* y los crímenes? ¿Alguno de los tres podía ser Otoñal? Cuando Gina le aconsejaba no meter la nariz en aquel asunto, ¿quería decir que no quería verse involucrada en aquello? Las respuestas eran: «Tal vez, pero no tan directa como me gustaría pensar», «no», «sí».

—Gina.

—Dime, querido. —La mujer sonrió.

—¿Nadie ha venido nunca a preguntarte por este asunto?

—No, me parece que es la primera vez que hablo de esto desde que tengo noticias de lo ocurrido.

Corso asintió sin moverse de donde estaba. Isa comprendió que la visita había terminado y se levantó.

—Otro día me pasaré para charlar un rato —se despidió Corso.

—Espero que para entonces hayas dejado ya de llevar estas sandalias. —Gina rio. Después levantó la mano y lo saludó como se saludan los niños montados en un tiovivo y una parte de la juventud.

31

La tienda de Domenico Tabasso se encontraba en un pequeño recoveco de la calle que conducía de la Casa de la Divina Providencia a la antigua estación. No se trataba de una plaza, ni siquiera de un ensanche: apenas un descuido del autor del trazado de la ciudad, hacia el que daban dos escaparates protegidos por rejas de entramado fino y un local repleto de muebles, estatuas y porcelanas.

—El miércoles es el día de descanso —informó Isa después de haber leído el rectángulo plastificado que había en la puerta.

Corso miró el Cyma: las 19.12. Había aparcado cerca de allí y había recorrido la calle a pie, sintiendo bajo las suelas el masaje involuntario del pavimento de adoquines: antiguas sensaciones urbanas. Isa, en cambio, había llegado hasta allí con la moto, que ahora estaba aparcada sobre las losas de piedra del terraplén.

—¿Busco la dirección de su casa?

Corso levantó la vista hacia el cielo. Sabía que, más allá de la cúpula de la iglesia, estaba el jardín interior y, al otro lado de la manzana, el enorme edificio que albergaba el comedor social. Treinta años atrás habían acudido a aquel comedor para detener a un tipo que había matado a un niño. El hombre los estaba esperando sentado a la mesa, junto a las demás personas con las que cada día compartía la comida. No opuso ninguna resistencia; lo único que pidió fue que le dejasen terminarse el plato. Sin embargo, su superior no lo autorizó, así que Corso y otros dos agentes lo agarraron por el abrigo y lo sacaron fuera. Era invierno, hacía mucho frío, y mientras lo empujaba hacia el coche pensó: «¿Cómo puede ser tan ligero el mal?».

Tres días más tarde el tipo se ahorcó en la cárcel. Nunca se llegó a saber el motivo por el que había estrangulado al niño después de secuestrarlo en el patio en el que estaba jugando.

—«No me preguntéis. Lo que sabéis, sabéis. Desde ahora no diré palabra.»

Isa se volvió para mirarlo.

—Pero ¿qué coño estás diciendo?

—Es lo que Yago le responde a Otelo cuando él le pregunta que por qué se ha inventado todas esas mentiras.

Isa echó una ojeada a la calzada, que se alejaba trazando una ligera subida. Una mujer joven asomaba su cabeza rizada por el balcón. A lo lejos, un hombre con chaqueta fumaba apoyado en una pared.

—¡Tengo un hambre del copón! —exclamó.

A las 20.44 Isa le entregó a Corso con una de las manos un kebab envuelto en papel de aluminio, mientras que con la otra dejaba caer sobre la palma de él las monedas de la vuelta. Después se sentó en el escalón de la tienda y empezó a comer.

En la terraza del local vecino varios hombres fumaban en cachimba, organizados en grupos de cuatro o cinco alrededor de pequeñas mesas redondas. Las palabras salían de sus bocas perezosas, inocuas, casi somnolientas. Sus cuerpos, sentados en las sillas, se dejaban llevar. Sus ojos, lentísimos.

Pasaron dos chicos que, al hablar, se tocaban los brazos, como hacen a menudo los jóvenes árabes. Saludaron a Isa, que les devolvió el saludo, y después fueron a instalarse en aquella terraza.

—Vivo aquí —explicó ella señalando, con la boca llena, un gran bloque de los años setenta que se elevaba entre las casas bajas de aquel barrio.

—¿Y por qué no me lo has dicho?

—¿Qué coño tenía que decirte?

—Que este era tu barrio.

Isa se encogió de hombros dos veces y siguió comiendo. En aquel momento no pasaban coches, pero en el aire se había quedado estancado el plomo de su circulación. Por encima del murmullo de las voces árabes, caía de cuando en cuando desde las ventanas abiertas el sonido doméstico de una vajilla o un televisor. Había ese olor de los días que llegan exhaustos a la noche.

Corso intentó limpiarse con la servilleta la salsa que seguía chorreándole por las manos.

—¿No había árabes en Turín?

—¿Cuándo?

—Cuando eras policía.

—Pocos. ¿Por qué?

Isa arrancó un trozo de papel de aluminio para liberar otro pan.

—Se diría que nunca te has comido un kebab.

Corso observó la calle por la que habían llegado. En ella estaban la tienda de Tabasso, la Casa de la Divina Providencia, Clara Pontremoli, la calle en la que aparcaba Luda y los registros en los que Otoñal había estampado una firma falsa. Las piezas se encontraban cerca las unas de las otras, pero el dibujo no se formaba. Se sintió muy cansado y tuvo ganas de volver a casa. Llevaba demasiadas horas en la ciudad. Y no tenía la seguridad de que allí, sentado con una chica que soltaba un taco tras otro y era la hija de Mancini, estuviese haciendo algo útil.

—La verdad es que Corso es un nombre de mierda —opinó Isa mientras se metía en la boca el último bocado—. ¿Cómo te lo endiñaron?

Corso la miró mientras ella bebía un larguísimo trago.

—Bueno, ¿cómo fue?

En la comisura de los labios se le había quedado un resto de cerveza. Sí, tenía un pequeño hematoma y, encima de la oreja, también una mancha de nacimiento, que, bajo el pelo rapado, solo se podía descubrir cuando inclinaba de una determinada manera la cabeza.

—Durante la guerra, mi padre luchó en el X Mas,

el décimo comando de buzos militares. Unos días después de que terminase la contienda, los comunistas vinieron a llevárselo para fusilarlo. Lo salvó su hermano, que había apoyado a Badoglio, el sucesor de Mussolini. Llevaban mucho tiempo sin hablarse y siguieron sin hacerlo después, pero mi padre le dijo que, a cambio de lo que había hecho, podía pedirle lo que quisiera. Mi tío le hizo prometer que elegiría el nombre de su primer hijo y cuando yo nací me pusieron el nombre de un compañero suyo al que los fascistas habían fusilado. Fin de la historia.

Isa terminó de beberse la lata y trató de encestarla en la papelera que había al lado. Falló por muy poco.

—¡Guay! —exclamó.

Corso se acercó a la fuente que había al otro lado de la calle y bebió de ella. Cuando volvió, Isa había sacado de su bolso un sobre.

—El informe que los Carabinieri redactaron cuando la madre de Pontremoli se tiró por la ventana. Unas pocas líneas y varias fotos del balcón y del jardín. Nada del otro mundo.

Corso cogió el sobre, pero no lo abrió.

—¿Cómo lo has conseguido?

—Un amigo me debía un favor.

—¿Arcadipane lo sabe?

—¿Debería decírselo?

Corso se lo pensó; lo negó con la cabeza.

—¿Podrías buscar información sobre la historia esa de las *belles ronfleuses*?

—¿Dónde?

—En esos sitios donde parece que consigues encontrarlo todo.

—¿Me das tu autorización?

—No puedo autorizarte, pero asumo toda la responsabilidad.

—¡Coño! —Ella rio—. Eres totalmente de la vieja escuela.

Era la primera vez que la veía reír. Tenía los dientes muy bonitos y blancos, aunque no del todo regulares, y los ángulos de los ojos, un tanto plegados hacia abajo. Era esto lo que hacía soportables todas sus cosas inaguantables, pero no se trataba de algo que se percibiese de entrada. Se necesitaba tiempo. Porque era demasiado evidente. Y ella hacía todo lo posible por ocultarlo. Igual que ocultaba su belleza, su tristeza y, en buena medida, su locura.

—Esto de los viejos que se van a dormir con las niñas sin follárselas me parece una completa gilipollez. ¿Tú te lo crees?

—Me lo creo porque es algo que ya ha pasado antes. ¿Has leído alguna vez a Kawabata?

—¿Eso qué es?

—Un escritor japonés.

—Tú eres el experto en literatura. —Isa resopló.

—Vale.

—¿Vale qué?

—Vale, es tarde, tengo que volver a casa.

A las 22.15 Isa acercó la moto a una señal de

prohibido aparcar y la ató con cadena y candado. Corso la esperaba unos pasos atrás, contemplando la fealdad de las siete plantas de aquel bloque. La chica sacó las llaves del bolso.

—Si quieres dormir en el sofá para que mañana por la mañana vayamos directamente a la tienda de Tabasso, por mí no hay problema. Lo único que te pido es que no te montes películas en la cabeza. No soy Lisbeth Salander, así que no te pienses que esta noche me voy a levantar, me voy a quitar la ropa y voy a ir a follarte, ¿vale?

Corso la observó con una mirada vacía.

—Habrás leído a Larsson, ¿no?

—No.

—*Los hombres que no amaban a las mujeres*.

—No.

Ella se tocó el pendiente de la narina.

—Pero me has entendido.

Corso miró la lejana punta de la Mole Antonelliana en la mancha plateada de sus luces.

—Mañana tengo instituto —contestó—. Acércate tú al local de Tabasso, pero no le hables de las *belles ronfleuses*. Pregúntale por la amistad entre su padre, Luda y Pontremoli. Comprueba qué recuerda del secuestro de Pontremoli. Él tenía entonces unos veinte años, en casa debieron de hablar del asunto.

—Vale.

—¿Me puedo quedar el informe?

—Sí, es una copia.

—De acuerdo.

Se miraron; después Isa se dio la vuelta, metió la llave en la cerradura y desapareció.

A las 23.54 Corso estaba parado en la tercera curva de un pequeño camino agrícola en el que el Polar había tenido dificultades para avanzar. No había nada delante de él, ni debajo ni alrededor; solo la confusa silueta de varias casas en la colina de enfrente y la luz en la ventana de una de aquellas casas.

Corso llevaba por lo menos un cuarto de hora mirándola, mientras la voz de Brassens, alimentada por el viejo motor del Volvo, intercalaba en una canción alegre los fragmentos de un amor muy triste.

«Llevo veinte años solo», pensó.

Cuando Elena apagó la luz, se limitó a meter la marcha y a acercar las ruedas del Polar al asfalto.

A las 00.23 Corso abrió el sobre y colocó sobre la mesa las cuatro fotografías de su interior, junto con la única página de la que constaba el informe, escrita a máquina y firmada al pie por el cabo. La vecina la había visto asomarse al balcón y sentarse a horcajadas en la barandilla de albañilería. La había llamado, hacía años que se conocían, aunque no se podía decir que entre ellas hubiera una amistad íntima. Aunque Béatrice Pontremoli oyó su voz, no se dio la vuelta. Un instante después estaba tendida en el camino del jardín que su marido y ella llevaban años cuidando. El personal de la ambulancia solo pudo constatar su muerte. Las fotos, realmente de pésima calidad, mostraban primero una vista del balcón desde el jardín, después el camino y el jardín desde el balcón, y al final un plano general del jardín y también una imagen de la barandilla, tomada con toda probabilidad desde el interior del piso. Era difícil deducir por qué motivo las habían tomado.

A las 00.45 Corso se levantó porque pensaba que ya había reflexionado bastante sobre el informe y las fotos, y se preparó una infusión.

A las 00.57 bajó a la bodega y empezó a recorrer las estanterías de la derecha, buscando en las zonas más altas. Encontró rápidamente el libro porque recordaba a la perfección su lomo. Lo separó del ejército de sus semejantes y se lo llevó consigo hasta el incómodo sillón que había en el centro de la sala, bajo una lámpara de pie cuyo cable corría sobre el suelo de hormigón hasta la toma de corriente industrial que se encontraba junto a la puerta.

A la 01.02 abrió, por segunda vez en su vida, *La casa de las bellas durmientes*, de Yasunari Kawabata. «No tenía que hacer nada de mal gusto, le advirtió la mujer de la posada al anciano Eguchi. No debía poner el dedo en la boca de la muchacha dormida ni intentar nada parecido.»

Corso bebió un sorbo de su infusión y continuó.

32

El caballo estaba nervioso; tal vez no tenía ningunas ganas de volver a entrar, pero el hombre lo conducía al *box* sin prestar atención a los tirones que el animal estaba dando a las riendas, como si conociese perfectamente su naturaleza caprichosa y hubiese aprendido que ignorarla era la mejor forma de lidiar con ella. Sin embargo, cuando vio a Jean-Claude Monticelli se detuvo para darle tiempo a apartarse de la entrada de la caseta.

—Buenos días, Étienne —saludó Jean-Claude, dejándole pasar.

—Buenos días, Jean-Claude.

Cuando el caballo estuvo acomodado en su sitio y los dos hombres se hallaban ya el uno frente al otro, delante de la abertura por la que el animal asomaba la cabeza, Monticelli contó las escarapelas fijadas a la puerta del *box*.

—¿Dos más?

—Sí, la primera en Basilea y la segunda en Estrasburgo. Pero son las últimas. Ya empieza a estar demasiado viejo para saltar. Lo que lo salva es su pésimo carácter, que, por lo demás, es lo mismo que nos salva a nosotros.

Rieron.

—¿Finiquitamos rápido este asunto? —propuso Étienne.

—Finiquitémoslo.

Los vestuarios eran elegantes. Nada que ver con el aspecto rústico que debe mantener un picadero de cara al público: suelo de piedra italiana, taquillas con cerradura electrónica, duchas, baño turco, sauna de heno, grandes espejos, cremas para el cuerpo, lociones para el cabello, kits de manicura.

Jean-Claude esperó, sentado en uno de los bancos, a que Étienne terminara de ducharse. Leyó un par de mensajes en su teléfono móvil. Uno era de trabajo; el otro, de Clémentine, y terminaba con uno de esos emojis que él, como bien sabía ella, tanto odiaba. Un emoji con la lengua fuera, en concreto. Ignoró el de trabajo y respondió a Clémentine. Un mensaje que decía «nostalgia», «bien» y algo que podía hacerla reír.

Poco después Étienne entró en la sala frotándose la cabeza con una toalla y llevando una segunda toalla atada a la cintura. Tenía un cuerpo atlético, pero no artificialmente desarrollado; hombros torneados, pero sin desproporciones. Apartó las botas que había dejado delante de la taquilla, junto a los pantalones de equitación, y abrió la puerta. Se sentó a horcajadas en el banco y le entregó a Jean-Claude los documentos.

—¿Me lo preguntas ya?

—Vale —respondió Étienne peinándose el pelo hacia atrás con los dedos—. ¿Estás seguro de lo que estás haciendo?

—Mucho.

—¿Estás en pleno uso de tus facultades?

—Totalmente.

—¿Hay alguien que te esté obligando a hacer lo que vas a hacer?

—¿Esta es una pregunta profesional?

—No, pero tengo otra más de este tipo: ¿quién demonios es esta mujer? ¿Sabe Clémentine que existe?

Monticelli sonrió.

—Todo va bien, Étienne. Estamos todos de acuerdo.

El hombre, que llevaba dieciocho años siendo notario, pero de niño quería estudiar Veterinaria y especializarse en animales grandes, miró los documentos.

—En tal caso... —respondió mientras indicaba a Jean-Claude el primer sitio en el que debía firmar.

Aquello no requirió mucho tiempo; tal vez cinco minutos. Entre una firma y otra, mientras Étienne le explicaba qué estada rubricando, Jean-Claude miraba por la ventana, hacia donde estaban los *paddocks* de los caballos de la carrera. Nunca le habían gustado los caballos. Le disgustaban sus ojos llenos de miedo, su naturaleza de presas que los hacía sobresaltarse con cualquier susurro.

Siempre había pensado que el ser humano debió de tener muy pocas alternativas si al final había elegido aquellos animales como medio para la guerra y el transporte.

—¡Hecho! —anunció Étienne cuando se estampó la última firma.

Después, mientras Jean-Claude tachaba algo en su agenda, reordenó los documentos en la carpeta.

—Enhorabuena —le tendió la mano—, desde hoy ya no eres el jefe.

33

La niña se movía de un lado a otro del parque, contemplando toboganes y columpios. Era delgada, con el cabello de color miel y esos grandes ojos azules de quien no necesita tener ojos azules para ser ligero y errante. Las piernas le salían de unos pantaloncitos verde musgo y terminaban espléndidamente en un par de sandalias rojas, y los brazos, como toda ella, eran armoniosos como una clave de sol.

«De tantas apariencias que se admiran en el mundo, yo bien sé cuáles puedo asemejar a mi niña», pensó Corso.

—... considera que Ludo es un magnífico cliente y un viejo amigo de la familia, eso es todo. Dice que cuando, tras la muerte del padre, se hizo cargo del negocio, fueron un par de veces juntos a China y a Japón para hacer contactos, pero después Luda renunció a los grandes viajes. Por motivos de salud. Desde entonces solo se ven o se hablan para darse consejos el uno al otro. Confirma que eso de que Luda vaya el día de Nochebuena es una tradición de los tiempos en los que la tienda era de su padre.

Corso cambió la inclinación del palo del polo que acababa de comerse. Anís. Ahora la niña estaba atravesando el puente entre dos torreones. Cuando llegó al final se subió a la barandilla. Una mujer de color, de unos sesenta años, se acercó y le hizo un gesto para que se bajase. La niña se columpió un par de veces más y cayó con destreza. Alrededor había otros niños y otras tatas, pero saltaba a la vista que ellas dos eran especiales.

«Seguro a la espuma, a la espuma de mar que blanquea las olas»... se dijo Corso; después extendió la mano y dejó caer el palo en la papelera que había junto al banco.

—¿Qué dice de Pontremoli hija? —preguntó.

—Se acuerda del secuestro, se habló del asunto en casa, sus padres eran amigos de la familia; pero él tenía unos diez años menos que Clara y Gregorio, y dice que solo los frecuentó hasta los doce años; luego ellos empezaron a salir con gente de su edad y ya no iban con sus padres. Por lo que parece, la fotografía que tenemos corresponde a uno de los últimos encuentros en los que estuvieron los tres.

—¿Qué te ha parecido él?

—Tranquilo. Y empieza a quedarse calvo. Tiene una hija de unos meses, se caía del sueño. En mi opinión, no sabe una mierda.

Con el pie derecho Corso removió la grava, ya escasa, bajo sus sandalias.

—¿Y qué hay de las *belles ronfleuses*?

—Nadie ha oído jamás hablar de ellas —Isa se encogió de hombros— y tampoco hay documentación sobre el tema. Para mí es una gilipollez, y aunque la puta tuviera razón, por aquella época Otoñal tendría unos veinte años. ¿Qué coño iba a hacer con aquellos viejos?

Corso miró el reloj.

—Llega tarde.

—Llámala Madame Gina —le advirtió.

Isa apoyó en el banco el casco, que hasta ese momento había mantenido sobre sus piernas. *Leggings* que le llegaban bajo las rodillas. Ropa de corte deportivo. Negra.

—Eres tú el que dijo que era una puta —objetó.

—Ya lo sé, pero tú llámala Madame Gina.

—¡Por supuesto! ¡Madame!

—Madame Gina.

Arcadipane se asomó por los peldaños que permitían elevar un par de metros el jardín con respecto a la calzada. Sus pantalones no estaban mal, pero su camisa iba hecha un desastre, y su chaqueta, que llevaba al hombro, sujeta con una mano, no mejoraba el resultado final. Mostraba una expresión contrariada, la frente empapada en sudor y una sombra de crecimiento del vello en las mejillas, que probablemente se había afeitado aquella misma mañana.

Cuando estuvo cerca, Corso se levantó. En el banco no había sitio para tres personas y, de todas formas, Arcadipane no tenía pinta de querer sentarse. También Isa se levantó.

—Si os quedáis aquí un poco más, ¡alguna de esas —señaló a las mamás del parque— llamará a la policía! —A continuación se rio, pero era evidente que no tenía ganas ni de reírse—. Tengo poco tiempo —les advirtió, de hecho, mientras se sacaba del bolsillo un cigarrillo que vagaba por ahí sin cajetilla—. ¿Qué queréis?

—Las *belles ronfleuses* —explicó Corso.

Arcadipane se encendió el cigarrillo y le dio una calada que debió de parecerle un trago de agua fresca. La ciudad había vuelto a despertarse bajo una masa de aire africano.

—¿Qué coño es eso? —preguntó mirando solo a Corso.

—Era una casa... —comenzó Isa.

—¿Quién está hablando? —Arcadipane se llevó una mano a la oreja—. Me ha parecido oír la voz de alguien que debería estarse calladito. —Entonces, acercándose a Isa, añadió—: ¿No has hecho ya bastantes gilipolleces? ¿Es que tenías que ir a preguntarles precisamente a los Carabinieri? ¡No te puedes ni imaginar las ganas que tengo de hacerte pagar esto! ¡Lo que nos falta de verdad es que nos pongamos a pedirles favores a los Carabinieri! ¡Y ya después nos vamos a peregrinar a Lourdes y tenemos el plan completo!

Corso esperó a que se tranquilizase. Necesitó tres caladas muy largas. Luego Arcadipane se pasó una mano por la frente sudada.

—Bueno, ¿la mierda esta de las *ronfles* qué es?

Corso se lo explicó.

Cuando terminó, Arcadipane tiró al suelo la colilla y observó como humeaba.

—No vais a poder meteros en esa montaña de mierda ni llevando botas hasta las rodillas. —Después, como si se hubiese percatado de algo, observó—: No habréis ido ya a meter las narices en ese asunto, ¿no?

Isa negó con la cabeza sin mirarlo: le importaba un carajo. El jardín se iba llenando de personas acompañadas de perros. Eran casi las seis de la tarde.

—Nada de investigaciones —le tranquilizó Corso—. Me basta con que corras la voz de que hay alguien interesado en el asunto de las *belles ronfleuses*.

Arcadipane giró la cabeza hacia el coche que lo estaba esperando. El policía, apoyado en el capó, estaba hablando por el móvil. Se reía. Llevaba gafas de sol y las mangas de su polo amarillo le comprimían los bíceps.

—¿Cuántas posibilidades hay de que este asunto tenga alguna relación con Otoñal? —quiso saber—. Con sinceridad.

Corso echó un vistazo a los columpios. La niña y su tata de color se habían marchado. Quedaban otras niñas, otras tatas, otras mamás, pero no eran ellas.

—Las suficientes —respondió.

34

Levantó por enésima vez la vista de la página, con la esperanza de no encontrarla, pero la mariposa seguía allí donde la había dejado un poco antes, empeñada en su obtusa batalla contra el cristal.

«Es algo —pensó entonces— que toda persona debería ver, aunque solo fuera una vez en la vida. Al menos toda persona que tenga un corazón, aun cuando esté inmóvil y frío como el mío.»

Al principio de su hora libre había bajado al laboratorio de química para volver a leer las páginas que en los días anteriores había marcado con un círculo trazado a lápiz: era una vieja costumbre, una de las pocas que había conservado de su vida anterior. Sabía que en aquel momento esa gran sala estaría a la sombra y en silencio, pero en cuanto abrió el libro su atención partió hacia la mariposa, de colores no demasiado llamativos —por no decir totalmente pardos—, con grandes alas orladas de amarillo y un ojo oscuro en el centro.

En los minutos en los que fue espectador de la ciega y conmovedora tenacidad con la que aquella criatura intentaba salir por la hoja cerrada de la ventana, ignorando la que estaba abierta, Corso tuvo ocasión de reflexionar sobre muchas cosas. Algunas etéreas, como el hecho de que «una imagen tal vez es más inaccesible cuanto más cercana» o de que «cuarenta minutos de la vida de una mariposa bien pueden valer lo mismo que veinte años de la de un ser humano». Otras, en cambio, más concretas y descorazonadoras: la pista de las *belles ronfleuses*, la única que quedaba abierta, estaba resultando ser un callejón sin salida, como antes lo fueron la del ADN y la de la firma en el registro. Por lo demás, ¿qué otra cosa podía esperar de un asunto de hacía cuarenta años que ya nadie tenía ganas de retomar? Cuatro días después del encuentro en los jardines, Arcadipane todavía no había dado señales de vida y los resultados de las pesquisas de Isa seguían siendo «una mierda».

—Olvídalo —le había dicho Corso la noche anterior, cuando ella lo llamó para informarle.

—¿Cómo?

Corso se había apartado el teléfono de la oreja para evitar oír la machacona música que salía de él. La imaginaba sentada sobre un taburete, en camiseta, con los pechos apretados contra el borde de la barra.

—He dicho que lo olvides —repitió.

Isa hizo una pausa para beber un trago o tal vez solo para observar una mancha de humedad en la superficie brillante sobre la que apoyaba su vaso.

—¿Por qué no vamos a ver a Luda —se decidió por fin a preguntar— y le restregamos por la cara la historia de las chicas?

Corso tomó un sorbo del café soluble que se había llevado junto al teléfono. En los días anteriores había identificado y ordenado los motivos para no ir a ver a Luda. En total eran tres, unos más sensatos que otros. Pero ahora era tarde y no tenía ganas de hablar de ello.

—Arcadipane tiene razón —se limitó a decir—. Es posible que las *ronfleuses* no tengan nada que ver con Otoñal. No tiene sentido meterse en un avispero para nada.

—¡Y una mierda, para nada! ¡Estos se estaban follando a menores de edad!

—Por lo que sabemos, no era eso lo que pasaba. Y, además, hace cuarenta años que fueron menores de edad.

—¿Y qué?

—Que este delito prescribe a los diez años.

—Entonces ¿para qué me haces trabajar tanto? ¿Para qué le tocas los cojones a Arcadipane?

Corso tomó un segundo sorbo y se quedó callado, dejándole el tiempo necesario para que ella sola se hiciese una idea. La leche que había vertido en la taza llevaba días abierta. Incluso en la débil luz de la lámpara se veían fluctuar sobre el fondo negro los pequeños filamentos claros.

—¿Qué estás haciendo? —preguntó ella un poco más tarde.

—¿En qué sentido?

—En el sentido de ahora.

Su voz lenta y sedosa flotaba sobre la banalidad de la música, como un fular que se hubiera caído en el agua aceitosa de un puerto.

—Me estoy terminando el café.

—¿Y después?

—Leeré a Kawabata.

—¿Y después?

—Después intentaré dormir.

Reconoció el tintineo somnoliento del hielo en el vaso que Isa se había llevado a los labios. Cristal grueso. Whisky, probablemente. Recordaba aquel sonido. El sonido era hermoso; el recuerdo, no. Luego ella dio dos tragos rápidos, definitivos.

—¡Estupendo! —dijo antes de colgar—. ¡Lee a tu Kawapollas y vete a dormir!

Corso se levantó y se acercó a la ventana. La mariposa descansaba, inmóvil, tal vez a la espera del siguiente intento. En ella, la belleza y la insuficiencia respiraban la una junto a la otra, incapaces de ensuciarse o de elevarse recíprocamente.

«Él es así», pensó mientras le acercaba el dedo índice.

La mariposa subió sin reticencias. Corso la condujo hacia el lado abierto de la ventana. El insecto contempló el mundo, tal vez sintió su aliento, tal vez su voz, y en su rostro viejo pareció dibujarse una expresión de aflicción. La misma que contrae el rostro de los ancianos ante un exceso.

—¡No sabía que estuvieras aquí!

Monica tenía un pie en el pasillo y el otro en aquella sala. Se estudiaron, sin aspereza.

—No es verdad —añadió después ella con una sonrisa—. Sí que lo sabía. En realidad venía a disculparme. Solo es que...

—Todo está bien —la tranquilizó Corso.

—... cuando te veo así, no es asunto mío, pero...

—No pasa nada. Tienes razón.

—Un poco sí, pero...

—¿Monica?

—Sí.

—No pasa absolutamente nada.

—¿Seguro?

—Seguro.

Ella juntó las manos, en posición de rezo, como queriendo decir «¿seguro, seguro?».

—Seguro.

—¡Bien! Me daba miedo que dejásemos de ser amigos. ¿Por qué tienes el dedo así?

Corso echó un vistazo al índice, que aún mantenía extendido hacia el mundo del que la mariposa volvía a formar parte. Negó con la cabeza para indicar que no pasaba nada, se metió la mano en el bolsillo y se puso en marcha.

Recorrieron el pasillo, las escaleras y, por fin, la segunda planta, rodeados del bullicio provocado por la campana. Corso llevaba la mochila colgada de un hombro y el libro en la mano del lado opuesto. Vestía pantalones de montaña, con dos parches rectangulares a la altura de las rodillas, y la habitual camisa de cuadros. Monica tenía un bolso de tela en bandolera, una camiseta color maíz y el pelo recogido en la nuca con un lápiz rojo. A pesar de lo difícil que resultaba caminar entre todos aquellos cuerpos, por debajo de su falda larga sus piernas se movían con la cadencia armoniosa que las piernas bonitas tienen, pero las feas no. Corso conocía aquel tipo de belleza. Era como vivir junto al mar o a la orilla de un lago. Como pasear por la ribera de un río. Algo que trabaja constantemente en tu interior, aun cuando estés pensando en cualquier otra cosa.

Se pararon al principio de las escaleras.

—¿Qué estás leyendo? —Corso le extendió el libro—. ¿Japonés?

—Totalmente.

Monica lo hojeó hasta llegar a una de las frases subrayadas.

—«Los viejos tienen la muerte, y los jóvenes el amor, y la muerte viene una sola vez y el amor muchas.» ¡Es muy reconfortante! ¿De qué va?

—De viejos que pasan la noche junto a jóvenes dormidas.

—¿Mucho sexo?

—Parece que no.

—Olvidémonos de este libro, entonces —propuso ella mientras se lo devolvía—. Mañana llevamos a las clases de tercero al museo de arte GAM, ¿te acuerdas?

—¿Puedo evitarlo?

—Has confirmado tu asistencia.

—¿Cuándo?

—En el penúltimo consejo.

—¿Cuándo delegué mi voto en ti?

—Pensé que te gustaría acompañarme a Turín. Somos amigos, ¿no?

—Algo así.

—Algo así es suficiente. —Se volvió, sonriendo—. A las ocho en la estación.

Corso subió el último tramo de escaleras y se dirigió hacia su clase.

Detrás de las puertas de las aulas presionaba el mismo algodón de voces, impaciencia y sillas movidas sin miramientos que de costumbre. El aire del pasillo era inmóvil y eléctrico, igual que en todos los lugares que se llenan y se vacían apresuradamente.

Al no ver a nadie en la puerta Corso pensó que los alumnos estaban en el aula magna para asistir a alguna conferencia que él había olvidado. Sin embargo, al entrar se los encontró a todos sentados en su sitio. El murmullo entre los pupitres cesó.

—¿Qué pasa?

Algunos siguieron mirándolo en silencio, otros bajaron los ojos hacia sus libros, inusualmente abiertos. Un par de chicos se reían, con la barbilla clavada en el pecho.

Llegó al estrado, se sacó del bolsillo uno de los tres bolígrafos que llevaba consigo y empezó a pasar lista, pero las miradas se le posaban en los hombros como patas de pájaro ligeras y afiladas.

—Bueno, ¿qué? —preguntó levantando la mirada de la columna de estudiantes ausentes.

Una chica a la que el nombre de Elisabetta no

le pegaba en absoluto colocó las manos sobre el pupitre.

—¿Es verdad que hizo todas esas cosas?

Corso hurgó en la pregunta, pero entre todos los sentidos que podía tener no encontró ninguno por el que le habría gustado avanzar, y menos aún acompañado. En la clase flotaba el delicado susurro de un rebaño obligado a mantener la inmovilidad. Algunos miraban hacia la ventana.

Corso se levantó y se acercó al alféizar.

El campanario entre las casas del centro decía que era poco más de la una. El día era caluroso, pero no calurosísimo; el cielo estaba cubierto de un velo de nubes deshilachadas. Pronto los toldos del mercado que teñían de color la plaza empezarían a cerrarse, y las dos hileras de coches aparcados a ambos lados de la avenida se irían vaciando. En el patio de enfrente, los niños de primaria estaban haciendo todo aquello que hacen los niños cuando saben que solo tienen media hora para hacerlo.

Después sus ojos se deslizaron sobre la pintada roja que había junto a la parada del autobús.

En aquel instante a Corso le invadió una especie de somnolencia: sus manos, apoyadas en el alféizar, se sintieron de repente cansadas y lo único que deseó su cuerpo fue sentarse, apagar la luz, cerrar una puerta y dormir.

Aquella sensación duró poco; después sus ojos volvieron a esas letras que el día antes no estaban ahí: BRAMARD, ASESINO, ¿NO BASTABA CON DOS?

Corso inclinó la cabeza, que era lo que hacía cuando necesitaba pensar deprisa. La primera conclusión fue: «¡Ya está aquí!». El segundo pensamiento: «Pero no pensaba que sería así». El tercero: «Debería haberlo previsto».

Todos los pensamientos que llegaron después, superpuestos y veloces, estaban relacionados con cosas que tenía que hacer; los elaboró en los tres metros y veinticinco centímetros que separaban el alféizar de la puerta.

35

El teléfono sonaba desde hacía un buen rato. Era la segunda vez que llamaba. Desde la primera habían pasado más o menos dos minutos: el tiempo de esperar a que el único semáforo de la carretera de salida del pueblo se pusiera en verde.

—¿Diga? —respondió por fin el tío.

—Soy Corso.

—Estaba fuera, enganchando el remolque del tractor.

—Necesito que hagas dos cosas por mí, rápido.

—¿Qué pasa?

—Después te lo cuento. Ahora ve al bar, a Elena le toca trabajar allí hoy. No le digas nada, pero quédate a su lado hasta que yo llegue y asegúrate de que nadie se le acerque. Si ha terminado su turno y se quiere ir, no dejes que salga, dile que tiene que esperarme. Si no está en el bar, vete a su casa y espera fuera hasta que yo llegue. Si ves algún coche o a alguien por la zona, sube a su casa y llámame. ¿Lo has entendido?

—Creo que sí.

—Pero antes de ir para allá, coge la Luger, cárgala y llévala contigo. Pase lo que pase, no la utilices. Solo quiero que me la des cuando esté allí.

—Si tengo que darme prisa, o hago una cosa o hago la otra.

—¿Por qué?

—Porque no tengo aquí la Luger, tendría que ir a buscarla.

Corso reflexionó.

—Olvídate de la Luger, entonces. Vete al bar.

—Me voy al bar.

—Sí, ve.

Colgó y comprobó la hora en el móvil. Él tardaría unos veinte minutos en llegar; el tío, un poco menos. Redujo la velocidad cuando atravesó el único pueblo que encontraría en el camino: unos pocos miles de almas; tres restaurantes, de los cuales solo uno era bueno; un estanco, regentado por un antiguo compañero del colegio; dos peluqueras, una con su propio local y la otra que atendía a domicilio; un mecánico; un carrocero; un gran taller con más de veinte operarios en el que se fabricaban plataformas para remolques de transporte de automóviles; una empresa de construcción; una tienda de alimentación; un bar con tres máquinas tragaperras y una administración de lotería; la estructura de una estación de servicio, construida pero nunca inaugurada por problemas de financiación; una empresa de pompas fúnebres; una iglesia; una guardería de gestión familiar (la madre tenía una antigua diplomatura en Magisterio y un ojo de cristal; la hija, un título de educadora infantil), y un colegio de primaria.

Una vez que dejó las casas atrás, Corso buscó en su cartera el papel en el que había anotado el número, pero cuando lo sacó se dio cuenta de que no era capaz de leerlo, marcarlo en el móvil y conducir al mismo tiempo, así que salió al arcén y redujo su velocidad.

—¿Sí? —respondió Isa.

Corso volvió a acelerar y, al hacerlo, levantó un poco de grava.

—Se han movido.

—¿Es decir...?

—Han hecho una pintada frente al instituto en el que trabajo. —Le reprodujo el contenido.

—¿Es él?

—No.

—¿Cómo lo sabes?

—No es su estilo.

—Entonces ¿quién ha sido? ¿No tendrían que estar ya todos muertos o decrépitos?

—Da igual. Cuando me dijiste que hay un expediente abierto sobre mí, ¿era verdad?

—¿Y por qué coño te lo iba a decir si no fuese cierto?

—¿Qué se dice en él?

—Lo que ya te he explicado.

—¿Nada más?

Isa permaneció en silencio. Corso había aprendido en su día a comprender por qué la gente se quedaba callada. Y aquel era el tipo de silencio de quien no tiene nada más que decir. Pero necesitaba estar seguro.

—¿En el expediente se habla de alguna relación con una mujer?

—¿Qué mujer?

—¿Aparece escrito ahí o no?

—No, no aparece escrito.

—Ahora tengo que resolver un asunto. Te llamo esta noche.

—¿Y yo mientras qué coño hago?

Corso giró para dejar atrás la carretera provincial y dirigirse al sur. Alrededor, el campo reverdecía, después de varias noches de lluvia y de una sucesión de mañanas frescas. Una visión conmovedora para quien no tuviese otras cosas en las que pensar.

—No le quites el ojo de encima a Luda —le pidió Corso—. Comprueba si recibe visitas, si sale, y controla adónde va. ¿No puedes hacer nada con sus teléfonos?

—Necesitaré varios días para que sus llamadas acaben en algún sitio donde yo las pueda controlar.

—Da igual, entonces. Concéntrate en Luda.

—¿Y Arcadipane?

—¿Te ha preguntado algo?

—No.

—Dejémoslo estar, entonces, ya hablaré yo con él esta noche.

—Pero ¿adónde vas?

Corso vio el pueblo a lo lejos. Ni siquiera había girado la cabeza hacia su casa o la de su tío al pasar junto a ellas. Ningún pensamiento que no tuviese relación con lo que estaba haciendo, ninguna mirada hacia atrás: solo el presente y la trayectoria que le conduciría unos metros más allá. Hacía mucho tiempo que no funcionaba en aquel modo. No pensaba que aún fuera capaz de hacerlo.

—Llámame solo si hay alguna novedad —indicó—. De lo contrario, seré yo quien dé señales de vida.

36

Llevaban media hora viajando. Durante ese tiempo ninguno de los dos había abierto la boca.

Básicamente, Corso ya había dicho todo lo que tenía que decir en la cocina, donde trató de convencerla para que metiese algo en una bolsa y lo siguiera, mientras Elena repetía una y otra vez que, sin una explicación, no iría a ninguna parte. Al final acordaron que Corso se lo contaría todo cuando estuviesen en el coche.

Pero no fue así; al menos, no hasta ese momento. Lo que pasó fue que, una vez en el automóvil, Elena se encerró en sus propios pensamientos, con la cabeza apoyada en la ventanilla y la bolsa en el regazo, rindiéndose a un cansancio que parecía que solo había estado esperando la oportunidad de que alguien lo escuchara.

Corso, por su parte, no puso mucho empeño en cumplir su promesa: una explicación habría requerido empezar desde el principio y él no tenía ningunas ganas de hacerlo. Cuando ella cerró los ojos él se limitó a bajar un poco la ventanilla y a apartar la mirada de su rostro dormido, bello como los ciervos, las aves rapaces, los lobos, los perros, los escarabajos y los elefantes. Animales peligrosos, pero de maneras elegantes. Veloces, pero sin perder jamás la compostura. Terribles, pero capaces de una fidelidad duradera.

—¿Adrian está relacionado con esta historia? —preguntó ella de repente.

—¿Quién es Adrian?

Elena mantuvo los ojos cerrados y no respondió.

—No —contestó Corso en cuanto lo entendió—. Él no tiene nada que ver con lo que está pasando.

La mitad del horizonte hacia el que viajaban estaba cubierta de montañas. Avanzaban rápidamente. No había tráfico. Unas pocas naves y altas fortificaciones de cajas apiladas interrumpían la geometría de los campos de kiwi y de manzana.

—¿Cuánto va a durar?

—Una hora.

—No me refiero al viaje. ¿Cuánto tiempo voy a tener que quedarme?

—Es solo una medida de precaución, espero resolverlo todo pronto.

—¿El peligro es él?

—¿Quién?

—Sé lo que te pasó. ¿Tú te crees que la gente del pueblo no habla de eso?

Corso redujo la velocidad. Delante tenía la popa de un velero, cuyo timón se mantenía en posición diagonal gracias a una cuerda blanca, enrollada con un par de vueltas. La barca estaba apoyada en un remolque y se encontraba parcialmente cubierta por una lona gris. El coche que tiraba de ella era un todoterreno con ruedas más grandes de lo habitual. Corso se desplazó hacia la izquierda para adelantarlo, pero llegaba un tractor en dirección contraria. Volvió al carril y redujo la marcha.

—No. Es otra historia.

Elena separó la cabeza de la ventanilla y cerró la cremallera de su bolsa. Si hubiese estado llena, habría adoptado la forma de un paralelepípedo, pero ella apenas había metido unas cuantas cosas, que cogió en el baño y en el dormitorio.

—¿Qué historia? ¿Qué tengo yo que ver con esto? —preguntó.

—Nada, pero alguien podría ir a por quienes están cerca de mí.

Corso sintió que los ojos de ella lo recorrían, desde las sienes hasta los brazos, para acabar deteniéndose en las manos, apoyadas sobre el volante. Otras veces los había sentido encima de él de aquella misma forma, pero siempre había sido en la oscuridad.

—Lo siento —se disculpó—. No quería que esto pasara.

Comprobó si llegaban coches en dirección contraria y cambió de carril. El hombre al volante del todoterreno era calvo, tendría unos cuarenta años y llevaba el cuello del polo hacia arriba, de una manera que a Corso siempre le había parecido irritante. Al volver a su carril echó un vistazo al espejo retrovisor, donde otro elemento había llamado su atención. Hizo lo mismo unos cien metros más adelante. Y también un kilómetro más adelante.

—Voy a pararme a repostar —anunció al ver la señal de una estación de servicio—. ¿Necesitas ir al baño?

—No.

—Entonces no te bajes del coche.

Corso estacionó junto a uno de los surtidores, en los que un cartel bien visible indicaba que el personal de la gasolinera se encargaba de poner el combustible. Después bajó del vehículo y fue a desenroscar el tapón del depósito. No había otros coches repostando. El cielo estaba nublado y un viento inconstante hacía balancear el cartel que informaba a los clientes sobre los puntos de fidelidad.

El hombrecillo de la estación de servicio llegó rápidamente.

—¡No se preocupe, déjeme a mí! —dijo.

Corso se apartó y le dejó hacer.

Con su bigotito y sus ojos saltones, aquel hombre se parecía a un actor estadounidense, pero tenía en la mejilla un lunar cubierto de vello que un actor jamás se habría podido permitir. Sonrió. Era evidente que en el pasado había ejercido otra profesión, que no tenía ninguna intención de volver a ella y que estaba convencido de que bastaba con ser gracioso para gestionar una estación de servicio.

—¿Cuánto ponemos?

—Lleno —pidió Corso—. ¿Hay algún sitio donde me pueda lavar las manos?

El gasolinero, casi bailando, introdujo la manguera en el Polar. Por el bolsillo de su mono, esponsorizado, asomaba un paquete de Marlboro.

—Claro que sí —contestó—. En la fachada trasera. La puerta no se cierra, pero puede poner el cartel de «ocupado».

Mientras caminaba hacia la garita, Corso echó un vistazo a la carretera, a la ferretería que había al otro lado del carril, al bar con el cartel de PRIMER PLATO, SEGUNDO PLATO, AGUA Y CAFÉ POR 8,50 EUROS y a la explanada de delante, donde se encontraban aparcados la furgoneta de un decorador, cinco coches y dos camionetas. Después dobló la esquina y dejó de estar a la vista.

En la parte trasera había varias bombonas de gas, tres neumáticos, el coche del dueño de la gasolinera y una caja de hierro que contenía objetos de hierro. Se acercó a ella y miró en su interior. Había sobre todo discos de freno, pero en medio encontró también tornillos, limpiaparabrisas rotos y un tubo de aluminio, probablemente de una instalación de gas. Haciendo palanca con él en el borde de la caja, consiguió doblarlo, primero en una dirección, después en otra, hasta convertirlo en una sección de un palmo de largo, que se metió en el bolsillo. Dejó el resto del material donde lo había cogido. A continuación fue al baño, se lavó las manos y volvió al coche.

El hombrecillo lo estaba esperando junto al surtidor, con un gesto preocupado. El mono daba un aspecto ridículo a sus hombros.

—Solo han sido siete cincuenta —indicó molesto—. El depósito estaba casi lleno.

Corso pagó.

Cuando tuvo el dinero en la mano, el gasolinero pareció animarse. Abrió su cartera de piel desgastada e introdujo el billete de diez euros entre sus hermanos mayores.

—¿Quiere que le eche un vistacito al aceite? —propuso mientras lanzaba una mirada a la mujer que estaba dentro del coche y que durante todo ese tiempo había permanecido observando fijamente las montañas.

—No, está controlado —respondió Corso.

—De acuerdo —asintió el gasolinero—. Es verdad, ciertas cosas es mejor hacérselas uno mismo.

Corso lo miró, inmóvil.

El hombre dejó de sonreír y se pasó la mano por el pelo grasiento, alisándoselo sobre la coronilla.

—Vuelva pronto —se despidió, antes de dirigirse hacia la garita con los andares de alguien que espera que, de un momento a otro, le lancen una pedrada contra la espalda.

Corso llamó a la ventanilla. Elena bajó el cristal.

—Conduce tú —le pidió.

—No me he traído mi permiso de conducir.

—Da igual.

Elena lanzó la bolsa al asiento de atrás y se puso al volante. Antes de sentarse junto a ella, Corso movió ligeramente hacia fuera el espejo retrovisor que estaba a su lado.

Unos diez kilómetros más allá entraron en el valle al que se dirigían. Elena conducía a poca velocidad, sin apartar los ojos de la carretera. De vez en cuando Corso miraba el espejo retrovisor. Los árboles frutales habían dejado paso a los fresnos y al rosa de los cerezos. Una inocua luz de color marfil se filtraba a través de las nubes.

—En la próxima, gira a la derecha —ordenó Corso.

—¿Dónde?

—En la carretera pequeña.

Elena hizo lo que Corso le había dicho y giró hacia el camino asfaltado. La pequeña carretera, que dividía en dos el prado, se encabritó de repente, pero tras una serie de curvas regulares acabó tranquilizándose. El piso, erosionado por la lluvia y las heladas, chirriaba bajo los neumáticos.

—Ahora escúchame —le pidió Corso—: cuando yo te diga, párate. En ese momento me bajaré del coche y tú te irás inmediatamente.

Hizo una pausa para asegurarse de que ella lo había entendido. Elena lo miró y, a continuación, volvió a poner los ojos en la carretera.

—Después tendrás que avanzar cincuenta metros y te pararás otra vez. Quédate dentro del coche, en el centro de la carretera, y mantén el motor arrancado. No mires hacia atrás. No hagas nada. Solo esperar.

—¿Cuánto son cincuenta metros?

—Hasta aquella fuente.

—¿No puedo esperarte donde tú te bajes?

—No, haz lo que te he dicho, yo volveré enseguida.

—¿Paro ya?

Corso estudió la vegetación que había a su derecha. En aquel punto la orilla era demasiado escarpada y los árboles tenían el tronco tan fino que entre ellos era posible ver el fondo del valle, por donde discurría la carretera nacional. Tampoco los matorrales y las zarzamoras que crecían a su sombra ofrecían un buen lugar en el que esconderse.

—Todavía no —contestó.

Después de una curva hacia la izquierda, la carretera se ensanchaba. Corso dejó que Elena condujese unos veinte metros más.

—Aquí.

Elena se detuvo.

—Cincuenta metros —le recordó Corso, con la puerta ya abierta—, antes de la curva. —Acto seguido se dirigió rápidamente hacia el matorral de budelias que crecía al borde de la carretera.

Desde allí observó como el Polar se alejaba.

«Son menos de cincuenta metros —pensó cuando lo vio pararse—. No importa.»

Se volvió hacia la curva por la que habían llegado. A pesar del ruido del Polar, oía como el otro coche se iba acercando. Gasolina. Media cilindrada. El bosque estaba en silencio. El sonido del vehículo al subir. Luego el coche apareció, verde y cauto, por la curva. Era un Lancia de perfil deportivo, pero no flamante. Cinco puertas, como esperaba.

Cuando el hombre que conducía se dio cuenta de que el Polar estaba parado en mitad de la carretera, bloqueó las ruedas, evitando generar un ruido de frenada, y después se estiró hacia el parabrisas para calcular la distancia con respecto al otro coche. Tenía unos sesenta años; el rostro, delgado, sereno. Ese tipo de hombre para el que la vida, por mucho que se esfuerce, no tiene previstas grandes sorpresas.

De hecho, el hombre se dio cuenta enseguida de que ya era tarde para dar marcha atrás, así que relajó la espalda, apoyándola contra el respaldo, tomó los cigarrillos que había en el salpicadero y se llevó uno a la boca, haciéndolo saltar de la cajetilla a los labios con un movimiento cinematográfico.

Ya lo estaba encendiendo cuando la puerta situada tras él se abrió y, antes de que tuviese tiempo de volverse, sintió que algo frío le presionaba el cuello, bajo la oreja derecha. El hombre mantuvo el encendedor suspendido en el aire durante el tiempo necesario para dar a entender que había captado el mensaje; a continuación dio por terminado aquel gesto y volvió a dejar el encendedor en el salpicadero.

—No creo que sea una pistola —comentó mientras exhalaba la primera bocanada de humo.

—Puede ser —respondió Corso—. Apaga el motor.

—En cualquier caso, esto no es necesario. Los dos somos de la vieja escuela, ¿no?

—Te he dicho que apagues el motor.

El hombre, que tenía el pelo gris, las mejillas con marcas de acné de su juventud y una bonita voz, apagó el motor.

—¿Por qué nos estás siguiendo?

—Por trabajo —confesó. Expulsaba el humo por la boca como alguien para quien el cigarrillo es un rival, un confesor y una hermana.

—¿Qué tipo de trabajo?

—¿Puedo? —preguntó levantando las manos.

—¿Tienes una pistola?

—No es mi estilo, ya te lo he dicho.

Corso echó un vistazo al Polar de delante. No le parecía que Elena se hubiese vuelto para mirar lo que estaba pasando. Las luces de freno estaban encendidas: tenía un pie sobre el pedal.

—De acuerdo.

El hombre se metió la mano derecha en el bolsillo interior de la chaqueta y extrajo un portadocumentos de piel marrón. Corso lo cogió y lo abrió: Callisto Reggio, foto reciente, detective privado, sello de la prefectura de Rímini. Comprobó el año de nacimiento, volvió a cerrar aquella funda y se la puso sobre las rodillas.

—¿Para quién trabajas?

—Sabes que no puedo decírtelo.

—A la policía sí que se lo tendrás que decir.

—A la policía, tal vez. En cualquier caso, alguien contacta conmigo, pero no sé quién está detrás.

—¿Cuál es el número de teléfono?

—No aparece. Y me pagan por servicio de mensajería.

—¿Hombre o mujer?

—Hombre.

—¿Edad?

—Diría que no es joven.

—¿Acentos? ¿Defectos de pronunciación?

—Nada.

Corso bajó su mirada hasta los zapatos de aquel hombre. Buen calzado de lona, un poco anticuado. Gusto discreto. Color habana. Desgastado. Había dicho dos veces «en cualquier caso»: un tipo conciliador, diplomático, poco dado al conflicto.

—¿Qué te ha pedido que hagas?

—Vigilarte e informar, nada más.

—¿Solo eso?

—Solo eso.

—¿Y la pintada de la pared?

El hombre negó con la cabeza.

—Yo no tengo nada que ver con eso. Creo que en este asunto estoy en el bando de los buenos.

Una hoja planeó sobre el capó. Corso siguió su trayectoria hasta la carrocería verde; después miró el Polar, cercano, pero extraordinariamente distante, indefenso y solo. Pensó en la primera vez que Elena y él estuvieron juntos en la oscuridad, tras haber hecho aquello que a él le había parecido lo más cercano al amor que había vivido en muchísimo tiempo.

—Bueno, entonces ¿qué hacemos? —preguntó el hombre.

Corso estudió su cuello. Barba de un par de días.

—¿Tú qué propones?

El hombre tiró por la ventanilla lo que quedaba del cigarrillo.

—Que no volvamos a vernos —sugirió.

—Sería sensato, en parte porque la próxima vez tendría que hacerte daño.

—¿Con un trozo de tubo?

Corso presionó el palo de aluminio y le desgarró la piel bajo la oreja. El hombre se sobresaltó. Después se limitó a asentir para demostrar que lo había entendido.

—Ahora dame las llaves del coche y el teléfono.

—No es necesario —objetó.

—Si de verdad eres de la vieja escuela, sabes que sí lo es.

El hombre extrajo las llaves con la mano derecha y se las entregó a Corso, junto al móvil, que guardaba en el hueco de la radio. Dos gotas de sangre le manchaban el cuello de la camisa. Nada del otro mundo.

—Ahora quítate la chaqueta e inclínate hacia delante —ordenó Corso.

El hombre obedeció. Corso comprobó que no tenía ninguna funda de pistola en bandolera ni llevaba armas en el cinturón. En sus veinte años como policía jamás había visto pistoleras en los tobillos. Gilipolleces de Estados Unidos.

—Abre la guantera.

Documentos y el GPS. Nada de armas.

Corso se bajó del coche, con calma. Hasta aquel momento el hombre había actuado verdaderamente a la manera de la vieja escuela y no había motivos para pensar que estuviese fingiendo. Fingir no es propio de la vieja escuela.

—No quiero volver a verte. ¿Lo has entendido? —le advirtió mientras se acercaba a la ventanilla—. Y ahora pon el coche en punto muerto.

El hombre lo miró con sus grandes ojos alargados, de color beis, con la esclerótica ligeramente amarillenta, tal vez por el humo. Puso el coche en punto muerto y, cuando empezó a retroceder, lo condujo hacia un lado de la carretera.

Corso alcanzó el Polar, esforzándose por caminar con desenvoltura. Ya no estaba acostumbrado a ciertas situaciones. Ser duro y parecer duro son dos cosas muy distintas.

Elena se bajó en cuanto lo vio llegar. Lo miró, miró el Lancia que había a su espalda y después, de nuevo, a él.

—Todo va bien —la tranquilizó Corso—. Conduzco yo.

Elena se cambió de asiento pasando por delante del capó, para no cruzarse con él.

Corso subió, tiró al asiento de atrás las llaves, el móvil y la tarjeta de identificación del hombre, quitó el freno de mano y llegó hasta la curva, donde ejecutó las maniobras necesarias.

Cuando pasaron junto al Lancia, Callisto Reggio estaba fumando, en el asiento del conductor, con la puerta abierta y un pie en tierra, como si estuviese esperando a su mujer, que habría bajado al bosque para resolver una urgencia del cuerpo tan inoportuna como perdonable.

37

—La madre que te parió, Pedrelli, justo acabo de...

—No soy Pedrelli.

—¡Bramard! ¿Ahora me llamas de madrugada?

—No es de madrugada.

—La una sí es de madrugada. ¿Por qué me llamas a casa?

—Tienes el móvil apagado.

—Lo tengo apagado porque estaba durmiendo. ¿Cómo has conseguido este número?

—Parece que es el mismo de hace veinte años.

—Claro que es el mismo. ¿Ahora resulta que voy a tener que mudarme de casa para evitar que me llames?

—Puedes cambiar el número sin cambiar de casa.

—¿Y por qué tendría que cambiar el número? Olvídate tú de él, ¿no? ¿Para qué coño me llamas? Si Isa te ha dado una patada en los huevos, podrías esperar a mañana para lamentarte. Hay un montón de gente en la cola, ¿sabes?

—Han dado señales de vida.

—¿Quién?

—Esta mañana había una pintada frente a mi instituto.

—¿Qué tipo de pintada?

—De tipo amenazante. A alguien no le ha gustado que metiese las narices en el asunto de las *belles ronfleuses*.

—¿A quién?

—No lo sé, pero conoce mi pasado y sabe con quién me relaciono.

—¿Por qué? ¿Con quién te relacionas?

—No importa, ahora esa persona está en un lugar seguro.

—Si «está en un lugar seguro», ¿para qué me llamas? Mariangela tiene que levantarse mañana a las seis.

—¿A quién le has dicho que estoy buscando información sobre las *belles ronfleuses*?

—A nadie, he hecho una búsqueda en el archivo y he hablado con un par de compañeros jubilados. En el archivo no hay nada, pero en su momento se corrió la voz de lo que había pasado. Un jueguecito para políticos y hombres de negocios: una menor de edad que se queda embarazada, un matrimonio de penalti con un chico que está encantado de hacerse cargo del hijo y de la dote, unos padres también recompensados, todos contentos. Fin de la historia. ¿Podemos irnos ya a dormir?

—Necesito que me hagas unas comprobaciones sobre un detective privado.

—Odio a los detectives privados y lo sabes.

—Callisto Reggio, 15 de septiembre de 1952. Es probable que lleve un tiempo siguiéndome. La licencia es de la prefectura de Rímini. Comprueba en qué temas suele trabajar y a qué nivel, si tiene contacto con la policía o con otros servicios. Te mando también su móvil. Comprueba las llamadas de los últimos quince días.

—¿Y no querrás también de paso una mamadita? Lo digo porque, ya que estoy despierto y todavía no me he lavado los dientes...

—Manda a Isa a que tome una foto de la pared del instituto. Vamos a hacer un estudio caligráfico, aunque estoy seguro de que no es él.

—¿Ya no os habláis?

—¿Para cuándo puedo tener algún resultado?

—No lo sé.

—Vale.

—¿Vale qué? ¿Qué vas a hacer ahora?

—Esperar. Tarde o temprano harán otro movimiento.

—¿Como matarte, por ejemplo?

—No creo. Te llamo mañana.

—¡No me llames! Ya me pondré yo en contacto contigo.

—De acuerdo.

—¿Corso?

—Sí.

—Ahora mismo tengo tres casos de homicidio abiertos. Intenta que no te maten, aunque solo sea por no tocarme los cojones también cuando estés muerto.

Tras colgar, Arcadipane recorrió el pasillo en *slip*, camiseta de tirantes y calcetines, arrastrando las zapatillas de lana cocida que sus hijos le habían regalado por Navidad y que seguía utilizando, a pesar del cambio de estación. La primera vez que las vio no le gustó que sus hijos hubiesen pensado en unas pantuflas, que por si fuera poco tenían una pizca de tacón, pero la Navidad no es el mejor momento para ponerse a discutir por unos regalos. Después, a medida que pasaban las semanas, se fue encariñando con ellas. Eran cómodas y muy cálidas. Y también el único objeto gris que poseía. Y el único con una flor en relieve.

Cuando entró en el dormitorio no encendió la luz. Se deslizó fuera de las zapatillas y volvió a entrar en la cama.

—¿Se ha metido en algún lío?

—¡Qué va! —respondió subiéndose la sábana hasta la barbilla—. Nadie se ha metido en ningún lío.

—Entonces ¿qué pasa?

—No pasa nada. Duérmete.

Mariangela se le acercó. Llevaban casados casi veinte años y el hecho de que ella durmiese dándole la espalda y no le gustasen los planes que él proponía para los domingos jamás le había hecho olvidar todo lo demás.

—Es difícil asumir algo como lo que le ocurrió.

Arcadipane se puso la mano izquierda debajo de la nuca y cerró los ojos.

—Ya hemos hablado de esto un montón de veces.

—Entonces no deberías tratarlo mal.

Volvió a abrir los ojos.

—Yo no lo trato mal. Soy el único que le hace caso.

Volvió a cerrar los ojos.

—¿Tú no lo piensas nunca?

—¿Pensar qué? —preguntó sin abrirlos.

—Cómo sería todo si te hubiese pasado a ti.

—No, sobre todo no antes de dormir.

Silencio.

—Pero estoy segura de que a veces lo piensas.

—Desde luego que lo pienso —los volvió a abrir de repente—, pero intento dejar de hacerlo. Como ahora, por ejemplo. Duérmete, es tarde y mañana te tienes que levantar temprano.

Ella le rodeó la pantorrilla con un pie. Sus pies eran delicados y fuertes, como las extremidades de ciertas criaturas marinas que tal vez ni siquiera tengan extremidades.

—No es tan tarde —dijo.

Arcadipane se volvió sobre el costado y apoyó sobre ella el brazo izquierdo. Sintió contra el dorso de su mano unos pechos grandes, algo caídos, y se conmovió.

—Mañana por la tarde los niños están fuera —le susurró al oído—. ¿A qué hora vuelves?

—A las dos.

—Entonces termino de trabajar y me paso por casa.

—Vale, pero a mí ahora me han entrado ganas. ¿A ti no?

—A mí también.

—Lo dices solo por complacerme.

—¿Por complacerte? ¿No lo sientes?

Ella se quedó un instante en silencio.

—Me pregunto cómo es posible que todavía te entren ganas.

—Pero ¿qué pregunta es esa?

—Nunca he sido guapa, pero en mis tiempos por lo menos tenía un buen culo y unas tetas bonitas. Ahora mira qué piernas más gordas —y apretó la manta contra ellas para mostrar su forma.

—Sigues teniendo un gran culo —dijo el comisario.

—Un gran culo no es necesariamente un buen culo.

—Sigues teniendo un buen culo y todo lo demás también es bueno.

—¿Y de las tetas, qué me dices?

—Que siempre me despiertan las ganas. Pero ahora duérmete.

—Vale, pero es una pena.

—Lo sé, pero cuento con que mañana me vuelva a pasar. Lo único que tengo que hacer es almorzar algo ligero.

—Entonces ¿nos dormimos?

—Sí.

—¿Tú puedes dormirte?

—Sí, si tú te duermes.

—Pues me duermo, entonces.

—Duérmete.

Arcadipane se quedó mirando durante un rato

lo poco que podía distinguir del rostro de su mujer a la tenue luz que se colaba por las persianas, fascinado por el olor de su piel y la hosca suavidad de su pelo, que solo se le rizaba bajo las orejas. Ella siempre había tenido bonitas esas cosas: la piel, el pelo, la capacidad para dormirse deprisa y para hacer en todo momento aquello que decía que iba a hacer.

«¡Mírala!», se dijo a sí mismo.

Todas eran capaces de dormirse junto a un camarero, junto a un profesor y hasta junto a un ladrón, pero no todas podían dormirse junto a un policía. Ese era el gran problema de los policías, los sicarios y los miembros de algún que otro gremio: no había muchas mujeres que consiguiesen quedarse dormidas a su lado.

Entendía que Bramard no conciliase el sueño desde entonces. Si no hubiese sido por Mariangela, tampoco él habría pegado ojo en los últimos años.

«¡Cómo duerme! —se admiró—. Parece una niña.»

Había engordado y empezaba a tener canas, pero no la cambiaría jamás por nada, ni aunque perdiese una pierna, se quedase ciega o tuviese que tomar píldoras tan grandes como una mano. Cuando te dedicas a una profesión como esta, todo lo que necesitas es a una mujer que consiga dormirse antes que tú.

Si tienes la suerte de encontrar a una y la desgracia de perderla, dará igual que te golpees la cabeza contra una pared: jamás volverás a dormir como antes.

«Ea —se dijo mientras conseguía por fin destensar su ceño fruncido—, ya he terminado de pensar en eso que no puedo evitar pensar.»

Después, tocó una última vez el costado de su mujer, respiró profundamente y se quedó dormido, con la tranquilidad de espíritu de quien ha empujado una carretilla hasta la cima de la pendiente y sabe que lo único que tiene que hacer a partir de ese momento es bajar.

38

—¿Qué quiere decir el título?

Corso apartó los ojos del cuadro y estudió el perfil de la chica que se había puesto a su lado.

—Daphne era el nombre de la mujer —le explicó.

—¿Su verdadero nombre?

—Daphne Maugham. Era inglesa. Pavarolo es el pueblo en el que vivía con el pintor. Estaban casados. Ella también era pintora.

La chica asintió mientras continuaba escrutando a la mujer sentada en el alféizar de la ventana.

Hacía un par de años que Corso la conocía. Era buena en lenguas extranjeras, pero la historia se le daba peor. Su padre tenía un puesto de fruta en el mercado.

—¿Usted ve *Sofá para dos*? —le preguntó ella.

—¿Es un programa de televisión?

—Sí.

—No, no lo conozco.

—Cada tarde un famoso se sienta en el sofá con la periodista, que se llama Gabriella, y responde a preguntas sobre su vida. Al final, cuando se despiden, ella le entrega un retrato que un pintor ha hecho de él en media hora. Me pregunto cómo consigue pintar un retrato tan bueno en media hora.

Una compañera llamó a la chica, pero ella siguió contemplando el cuadro.

—A veces juego a que respondo a las preguntas de la periodista: dónde nací, cómo eran mis padres, cuándo me di cuenta de que tenía talento y cómo ha cambiado mi vida con el éxito. Yo siempre digo que sigo siendo una persona normal, que hace la compra, ve a sus amigos y está con su familia: lo que hace todo el mundo.

La compañera volvió a llamarla. Ella se volvió y le indicó por gestos que ya iba.

—Es bonito que tengas los pies en la tierra —admitió Corso.

—Ahora tengo que irme —asintió la chica—. ¿Usted va a quedarse por aquí?

—Sí, un poco más todavía.

La chica se acercó al grupo que, al otro lado de la sala, estaba charlando en corro alrededor de la guía y de la profesora de Economía de la Empresa. Ante los primeros cuadros abstractos, la mayoría de los estudiantes empezaron a quejarse de dolor de pies y poco a poco se fueron quedando atrás. Corso sabía que tenía que ir a buscarlos, pero no conseguía apartar la mirada de aquel lienzo. La imagen tenía algo que ver con un recuerdo que estaba intentando evocar y que le despertaba al mismo tiempo deseo y dolor.

—¿Qué tal si vamos a buscar a los rezagados?

—Sí —asintió Corso. Sin embargo, justo cuando se volvía hacia Monica, sus ojos se percataron de las manos entrelazadas que la mujer del cuadro tenía apoyadas sobre sus rodillas, y entonces lo recordó.

Una noche, muchos años atrás, se despertó en una cama que no era la suya y, tras permanecer un buen rato tendido, en silencio, se levantó para recorrer las habitaciones de aquella casa que nunca antes había visto.

En la penumbra observó las fotografías de la mujer, del hombre y del niño que vivían en ella, las notas con recordatorios clavadas en la pizarra de corcho y los pequeños objetos desgastados por la vida cotidiana. Cuando llegó al baño, se sentó en el borde de la bañera y estuvo contemplando durante largo tiempo la cuchilla y la crema de afeitar, los cepillos de dientes y el dentífrico de Spider-Man. La noche ya casi había acabado y al otro lado del cristal esmerilado de la ventana se balanceaba la sombra de un magnolio que proyectaba una farola.

Corso pensó entonces que pronto el padre y el niño a los que pertenecían aquellos objetos se despertarían en el apartamento al que habían ido a pasar el fin de semana y que, aun cuando el crío solo tuviese once años, los dos desayunarían en silencio, como dos hombres. Tras el desayuno prepararían todo el equipo y bajarían a la playa para disfrutar de la inmersión antes de que los bañistas espantasen a los peces. Después, a mediodía, se sentarían en las rocas para comerse una *focaccia* junto a los trajes de neopreno, que dejarían secándose al sol.

Fue entonces cuando lloró por primera y única vez en su vida.

Lloró por Michelle y Martina, a las que había perdido cinco años antes, pero también porque la belleza requiere, por encima de todo, ser completa, y por eso no hay remedio ni verdadero consuelo para quien la pierde.

Cuando volvió al dormitorio vio a la mujer sentada en el alféizar y, a su espalda, las colinas, iluminadas por la primera luz del alba. Al oírlo llegar, ella giró la cabeza y ambos se quedaron mirándose: él, desnudo, llorando, junto a la puerta; ella, con los ojos aún húmedos y las manos entrelazadas sobre las rodillas, vestida solo con una bata bajo la cual la luz que llegaba desde detrás permitía entrever la silueta de los pechos. A continuación él se vistió y, sin decir nada, dejó para siempre aquella casa en la que vivía la única persona que lo había visto llorar. La única con la que solo había pasado una noche. La única a la que no volvería a ver y cuyo nombre no recordaría más tarde. La única de la que había aprendido algo.

—Bueno, ¿qué pasa? —le preguntó Monica.

—Nada —respondió Corso—. Vamos.

Hicieron el recorrido en sentido inverso y fueron encontrando estudiantes desplomados sobre los sofás, como soldados que, en una retirada sin gloria, se hubieran detenido a recobrar el aliento en un lugar del que lo único que sabían era que estaba terriblemente lejos de casa. Monica los convenció para que la siguieran, con la promesa de que la visita ya casi había terminado, y ellos se dejaron arrastrar hasta la última sala, donde el grueso del grupo estaba congregado delante de un cuadro de Emilio Vedova en el que solo aparecían dos manchas de color.

El grupo de los resistentes y el grupo de los reticentes se compactaron, no sin algunas miradas de hastío. La guía retomó su explicación, pero ni siquiera había tenido tiempo de acabar su frase cuando su voz quedó acallada por el agudísimo silbido de una alarma.

Todos miraron a su alrededor, en busca de algo de lo que reírse o lamentarse, pero la sala estaba vacía, blanca, impoluta, y ninguno de sus objetos se movía.

Corso buscó la cabeza rapada de Alviano y la encontró donde siempre: junto a la cabeza rizada de Cammarata.

Desde hacía un par de años aquellos dos se movían al unísono, como una pareja de cómicos de antes de la guerra: Cammarata, delgado, alargado, delicado y siempre al borde de un perenne estupor; Alviano, de huesos anchos, lleno de bultos irregulares, con cara de desertor y con unos labios que siempre estaban lidiando con medio cigarrillo. Se llevaban tres años, porque Alviano había repetido dos veces y durante un año probó a trabajar como albañil, pero aquello no había impedido que una extraña alquimia los uniera. De hecho, en ese momento los dos se estaban riendo, con la mirada fija en sus pies.

Corso dio un par de pasos hacia ellos.

Un empleado con uniforme azul entró en la sala. Seguido por los ojos de todos, llegó hasta una pequeña puerta, mimetizada con el blanco de la pared, la abrió y silenció aquel silbido. Antes de marcharse les recordó, en un tono rutinario, que no debían acercarse a los cuadros, porque estaban protegidos mediante un sistema de alarmas.

La guía retomó su explicación sobre el periodo histórico que había dado lugar a aquella experiencia pictórica. Algunos chicos la escuchaban; otros miraban la espalda, el trasero o el pelo del compañero que tenían delante. En la sala apareció un visitante japonés.

Corso vio que Alviano y Cammarata se habían movido unos pasos más allá. Se deslizó hacia la derecha, para tenerlos más a la vista, pero cuando se percató de que Alviano extendía la mano hacia el cuadro ya no tuvo tiempo de decir ni de hacer nada.

Esa vez, cuando la alarma saltó, la guía tuvo un conato de irritación, pero como se dio cuenta de que aquello no servía de nada, se limitó a bajar la mirada, desconsolada, como una virgen que, desde el altar, asiste al saqueo de su propia iglesia.

Corso miró a Alviano. Se estaba riendo, con la cabeza encogida entre los hombros.

Dio un paso hacia él, pero antes de que pudiese llegar hasta donde estaba, la compañera de Economía ya se encontraba delante del chico.

Los dos se observaron un instante; a continuación la mujer pronunció una frase seca, cuya palabra final resonó por toda la sala justo en el instante preciso en el que el empleado silenciaba la alarma.

—... idiota!

Todos los estudiantes se volvieron. Después, el único movimiento fue el de los pasos del hombre en uniforme azul, que se alejaba prudentemente. Incluso el visitante japonés se había quedado inmóvil.

Corso recorrió el último metro y llegó hasta Alviano.

—Vámonos —le dijo.

El chico tenía los ojos fijos en los de la profesora y sostenía su fría mirada. La mujer era un palmo más baja que él, delgada, tenía dos hijas pequeñas y la costumbre de ir al instituto en bicicleta; pero en ese momento todo lo que salía de ella parecía hecho para herir.

—Vámonos —repitió Corso.

Alviano retrocedió un paso, como un gran herbívoro que quiere salir de una posición de desventaja, pero no se atreve a darle la espalda a su depredador. Después, cuando su instinto se lo permitió, se volvió y salió de la sala.

Hicieron el trayecto inverso, pasando por algunas salas, por las escaleras, por una pasarela que se extendía por encima de la taquilla.

La terraza del museo daba a un pequeño jardín

donde, cuando hacía buen tiempo, los visitantes podían sentarse, hojear los libros que habían comprado en la tienda o pasear entre los parterres. Sin embargo, en aquella mañana gris todo estaba cubierto por una fina pátina de soledad.

Corso observó los últimos pisos del bloque de enfrente. En un balcón, una mano cuidadosa había envuelto un olivo en un velo de organdí, pero había olvidado retirárselo al final del invierno. Desde el cielo gris caía una lluvia en polvo que solo podría verse sobre un fondo oscuro.

—¡Esta no tiene derecho a llamarme idiota! —protestó Alviano desde el banco en el que se había sentado inmediatamente. Ya tenía entre los labios el Winston que había dejado a medias antes de entrar.

—Tal vez —admitió Corso—, pero hay una edad en la que hacer ciertas cosas es de idiotas, y tú estás muy cerca de ella.

Alviano agachó la cabeza y exhaló el humo. La nube rozó la tierra y se dispersó. En aquel momento pasaba por la avenida un autobús eléctrico. Un claxon sonaba, paraba y volvía a sonar.

—No sé por qué me comporto así —reconoció.

Corso apoyó las manos en el alféizar y contempló el jardín. Al otro lado de la pared de cristal que lo rodeaba, los chicos estaban recogiendo sus bolsos y sus mochilas en las taquillas. Pronto saldrían en pequeños grupos, encenderían sus cigarrillos y sus teléfonos bajo la marquesina y lanzarían algunas miradas hacia donde estaban ellos dos.

—A lo mejor deberías... —empezó a decir Corso, pero de repente se quedó callado.

Sobre la hierba gris del jardín, a los pies de un árbol, brillaba un círculo de flores de color escarlata, aún intactas.

—*Chiri tsubaki* —susurró.

—¿Eh? —Alviano levantó la cabeza.

Corso observó la perfecta simetría de las flores. La planta parecía inclinarse sobre ellas sin dolor, como si haberlas concebido durante el invierno y haberlas perdido cuando todavía eran perfectas le hubiese permitido salvarlas para siempre de la muerte y de la decadencia.

—¿Adónde va, profesor? —Alviano lo llamó mientras lo veía atravesar la terraza a paso rápido—. ¿Qué le digo a la de Economía?... ¿Profesor? ¿Adónde va?

39

—Estaba esperando su llamada. Habría contacta-
do con usted, si hubiese podido.

—Pero no podía. Dígame.

—Me siento avergonzado, es la primera vez
que me pasa algo así.

Silencio.

—¿Se ha dado cuenta?

—Sí.

—¿Hasta qué punto?

—Totalmente, diría yo.

—¿En qué sentido?

—En el sentido de que hemos tenido una conversación.

—Nada menos.

—No sé qué decir, los estaba siguiendo en coche...

—No quisiera parecerle un insensible, pero no
me interesan los detalles profesionales. Hábleme
más bien de la conversación que mantuvieron.

—Quería saber para quién trabajo y en qué con-
siste el encargo, obviamente. A la primera pregunta

no tenía nada que responder; a la segunda, en cierto sentido, respondían las circunstancias. Se ha llevado mi tarjeta de identificación y mi móvil. Imagino que se los entregará a su amigo el comisario para que los inspeccione. La verdad es que su idea de ponerse en contacto conmigo en este lugar, en días y a horas establecidos, me parecía una precaución excesiva, pero ahora tengo que admitir que...

—¿Ha dicho que «los» estaba siguiendo?

—Estaba con su amiga, creo que la llevaba a algún lugar seguro. Ayer por la mañana apareció delante de su instituto una pintada no muy tranquilizadora. Seguramente la historia de las chicas dormidas le ha molestado a alguien.

—Imagino que usted recuerda qué decía esa pintada.

—«Bramard, asesino, ¿no bastaba con dos?» Es evidente que con Bramard ya no tengo nada que hacer, pero puedo investigar este otro asunto, si le parece bien.

—No, no se preocupe por eso. ¿Algo más de la conversación?

—Para que se creyese que no sé nada tuve que darle un dato verdadero.

—¿Cuál?

—Sabe que usted es un hombre.

—¿Algo más?

—Parece que no le alteró mucho lo que pasó. Casi se lo esperaba.

—Eso tiene menos importancia todavía. ¿Nada más?

—No.

—Recibirá el último pago con el servicio de mensajería de costumbre. Siga yendo a ese local durante un par de semanas más, los lunes y los jueves. Yo no volveré a llamarle, pero servirá para justificar su presencia allí en los últimos tiempos.

—No se preocupe por el pago. Sufro cuando no me siento satisfecho de mi trabajo.

—En estos meses usted ha hecho lo que tenía que hacer, así que recibirá lo acordado. Si la policía lo citase...

—Hipótesis remota, diría yo.

—Si, de todas formas, la policía lo citase...

—No tendría nada que decirles. Para mí usted no es más que una voz.

—Bien.

Colgaron ambos al mismo tiempo, rematando así una afinidad de la que se habían percatado desde su primera conversación telefónica. Una afinidad en nombre de la cual, en apenas unos días o tal vez de unas horas, los dos habrían olvidado que alguna vez habían hablado el uno con el otro.

40

La sala en la que llevaba unos veinte minutos esperando era la misma: olor a plástico, paredes con absorción acústica y la luz de un tubo fluorescente. Sin embargo, esta vez, cuando la puerta se abrió para dejar entrar a Isa y a Arcadipane, Corso tenía ante sí, sobre la mesa, una carpeta amarillenta, la novela de Kawabata, un pequeño bloc de notas y un lápiz.

Afuera llovía como llueve en otoño, fatigosamente y sin remordimiento, como si no importara lo más mínimo que estuviesen a principios de junio, a dos semanas de que acabara el curso. Al salir aquella mañana Corso había correspondido a aquel desinterés: nada de chaqueta, nada de sombrero, nada de paraguas. Tan solo una camisa, unas sandalias y unos pantalones ligeros, que se empaparon enseguida, y un envoltorio de plástico alrededor de la mochila para proteger algo que no debía mojarse.

Isa se sentó a su derecha; el comisario, a su izquierda. El lado vacío de la mesa permitía mantener dentro del campo visual la puerta sobre la que había un cartel que prohibía fumar.

—¿Qué, el paraguas te resulta demasiado burgués? —preguntó Arcadipane.

Corso se apartó de la frente el pelo mojado; después, como si se tratase de la continuación del mismo gesto, cogió el lápiz y escribió en la primera página del cuaderno una palabra que deslizó a continuación hacia la chica.

—Busca algunas imágenes de esto, por favor.

Arcadipane se sacó del bolsillo un cenicero y una cajetilla.

—Tengo tres —calculó explorando su interior—. O sea, me da para diez minutos.

Era el único que llevaba la ropa y los zapatos secos, lo cual indicaba que había estado trabajando desde el amanecer o que había pasado la noche de guardia. El cenicero tenía en el centro un escudo de la policía. Cosas de la heráldica militar. Corso se alegró cuando la primera ceniza cayó encima de aquel escudo.

—Ya lo tengo —anunció Isa.

Corso se inclinó sobre la pantalla del ordenador.

—Amplíame esta —pidió, sin necesidad de pensárselo mucho.

La chica lo hizo. Aquella mañana llevaba puestos unos sencillos pantalones y una camisa de hombre de color marrón, con una raya más oscura en el cuello, allí donde la lluvia había logrado colarse entre el casco y la chupa. Nada de manchas, rotos o pines con textos amenazantes. Las botas impermeables de costumbre.

Cuando Isa terminó, Corso giró la pantalla hacia el comisario.

—Estas son flores de *Camellia japonica*, una planta originaria de Japón que florece en otoño y en invierno. La particularidad de sus flores es que, en primavera, caen al suelo intactas.

Arcadipane lanzó una rápida mirada a todo aquel rojo.

—¡Cuidado! —Y le enseñó el cigarrillo como quien le recuerda un reloj de arena a un rival.

Corso le respondió con una leve sonrisa. Abrió la carpeta en la que, en una letra que no era la suya, aparecía escrito OTOÑAL, colocó sobre la mesa seis fotografías en blanco y negro y movió la pantalla de modo que apuntara al techo.

—Levantaos —pidió.

—¿Por qué?

—Levantaos, por favor.

Arcadipane e Isa se levantaron.

—¿Qué veis?

Arcadipane se inclinó hacia delante, con las manos agarradas al borde de la mesa.

—Flores tiradas por el suelo —respondió— y seis fotos que he visto ya miles de veces.

Corso esperó.

—El diseño —apuntó Isa.

—¿Qué diseño? —Arcadipane la miraba atentamente.

Isa amplió un poco más la imagen del portátil.

—El de las flores. Es el mismo que el que aparece en la espalda de las mujeres.

Arcadipane acercó la cara a la pantalla y, después, a una de las fotografías.

—Tal vez —admitió—. Pero ¿qué quiere decir eso?

—Quiere decir que Otoñal no trazaba líneas arbitrarias —respondió Corso—, sino que reproducía en la espalda de las mujeres el diseño de las *chiri tsubaki*.

—¿Las qué?

—Es el nombre en japonés de esta camelia. En Japón sus flores se consideran un símbolo de perfección, pero también de una vida quebrada en plena juventud.

—Entonces ahora sabemos que es un experto en flores. ¿Algo más?

—Los bonsáis que Pontremoli ha recibido en los últimos años son de esta misma planta.

El rostro del comisario no dejó entrever sorpresa alguna. Con gran lentitud, se llevó el cigarrillo a la boca y fumó con los ojos medio cerrados, como cada vez que su mente de grano grueso tenía que triturar algo muy fino.

—Eso —observó mientras restituía el cigarrillo al cenicero— solo confirma que el hombre que va a visitar a Pontremoli y Otoñal son la misma persona. Pero eso ya lo sabíamos, ¿no?

Corso asintió; sabía que quitar importancia a la situación era la manera que tenía el comisario de afilar sus pensamientos. Hizo espacio sobre la mesa y sacó de la carpeta otras fotos en blanco y negro con un formato diferente.

—Estas las tomaron los Carabinieri en la casa de los Pontremoli el día en que la madre se tiró por el balcón. La terraza —dijo mientras apoyaba sobre la mesa la primera imagen—. El camino. —Colocó encima de la anterior la segunda—. Y el jardín.

—Es la misma planta —reconoció Isa.

—Sí, y vi una idéntica en el jardín de Luda, cuando fuimos a hacerle una visita.

—Los dos estaban obsesionados con Oriente. —Arcadipane resopló—. Puede que la vieran en alguno de sus viajes.

—Efectivamente, hay una *Camellia japonica* muy famosa en un templo de Kioto. —Corso asintió—. Pero creo que el motivo por el que ambos tenían una *chiri tsubaki* en el jardín era otro.

Cogió de la mesa el libro que hasta aquel momento había permanecido con la portada mirando al techo, lo abrió por la página que había marcado con una vieja tarjeta amarilla y leyó: «¿Sería esa la razón de que en la casa de las bellas durmientes, mientras yacía con el brazo de la muchacha sobre los ojos, se le aparecieran las imágenes de la *chiri tsubaki* en plena floración [...]?». Entonces cerró el libro y volvió a colocarlo sobre la mesa.

Arcadipane lo miró con un sentimiento que oscilaba entre la hostilidad y la renuncia; después se apartó de la mesa y empezó a caminar por la sala. Aunque sus pasos fueran lentos, el corto tamaño de sus piernas impedía cualquier efecto solemne. Su gran cabeza se balanceaba sobre su cuello como un mazo.

—Supongamos —propuso— que esos tres estaban tan zumbados como para crear una casa de citas como la del libro que habían leído y que incluso Tabasso tenía en su jardín los mismos *tsubaki* que Otoñal grababa en las mujeres y que más tarde regalaba a Pontremoli. —Se detuvo, cogió el cigarrillo del cenicero y dio una calada. El humo que salió de sus labios sustituyó por unos instantes a la transparencia del aire que flotaba sobre la mesa.

—Pontremoli y Tabasso llevan quince años muertos, así que no podrían haberte enviado las últimas cartas ni haber llevado las flores a la Casa de la Divina Providencia. Luda podría haberlo hecho, pero no coincide en absoluto con el retrato robot de Otoñal que han hecho las monjas. Conclusión... —Arcadipane miró fijamente a Corso a través de la opacidad del humo que se iba disipando—, ¡ninguno de ellos tres puede ser Otoñal!

Salvo el hilo que ascendía desde el cigarrillo, todo estaba quieto. Al menos hasta que Isa apartó la silla de una patada y fue a apoyarse contra la pared, con la mirada puesta en las fotos que cubrían la mesa.

—Vaya mierda —susurró, antes de arrancarse la cinta del pulgar derecho y meterse el dedo entre los labios.

Corso recordó entonces algo de lo que se había dado cuenta muy pronto: cuando la mente se emplea a fondo en tratar de entender algún asunto, el cuerpo casi siempre queda abandonado a la deriva. Hay quien habla, hay quien tiembla, hay quien gesticula y hay quien se limita a dejar su cuerpo a merced de lo que haya alrededor: la lluvia, una persona, un concierto de Brahms, un tranvía que llega de repente..., pero siempre en una especie de compás de espera durante el cual puede suceder cualquier cosa y, al mismo tiempo, nada verdaderamente importante.

En su caso, en la época en la que comprender era algo que le ocurría con frecuencia, su cuerpo emitía silbidos en una longitud de onda que solo Michelle, su gato y tal vez Arcadipane eran capaces de percibir.

Percatarse de ellos la noche anterior, después de tanto tiempo, le resultó tan terrible como conmovedor.

—Ninguno de ellos es Otoñal —apuntó.

—¿No? —se arriesgó a preguntar el comisario.

—No, pero todos ellos lo han educado en sus gustos y en su falta de escrúpulos. Y cuando Otoñal se convirtió en lo que ya sabemos, le dejaron hacer, disfrutaron con ello y lo protegieron.

Arcadipane miró a Corso, a las fotos sobre la mesa, a las camelias y, por último, al cigarrillo, que en ese momento estaba exhalando su último suspiro.

—El hijo de los Pontremoli está muerto, la hija es un vegetal y el hijo de los Tabasso, aparte de que no coincide con la descripción, en la época de los hechos era solo un crío. Ninguno de ellos puede haber ido a la Casa de la Divina Providencia ni haber metido el pelo en el sobre.

Corso observó las manchas de humedad que sus sandalias habían dejado en el caucho del suelo.

—En realidad, ese pelo no es de Clara Pontremoli —advirtió.

—Pero ¿qué coño dices? El ADN...

—... dice que el pelo pertenece a alguien que tiene la misma ascendencia materna.

El comisario mantuvo los ojos, de un negro bituminoso, fijos en el gris de los ojos de Corso durante unos instantes largos, lentos, turbios.

—Pero ¿cómo coño...?

Corso asintió con la cabeza: era el error más estúpido que podían cometer, pero también el más lógico y el que más posibilidades tenía de prolongarse en el tiempo.

Arcadipane sacó el penúltimo cigarro de la cajetilla, se lo llevó a los labios y lo encendió.

—¿Tú crees que todavía podemos localizarlo?

Corso estudió a Isa y a aquel pulgar que mantenía infantilmente atrapado entre sus labios guerreros.

—Él está convencido de que sí —confirmó.

41

—Perdona la hora, Amedeo, un sueño me ha despertado y he sentido la necesidad de llamarte.

—No me molestas, querido, has hecho bien en llamarme. ¿Ha sido un sueño desagradable?

—Nada grave. He soñado que te ibas de viaje.

—¿Un viaje largo?

—Sí, un viaje a un lugar donde las preocupaciones no pueden alcanzarte.

—De acuerdo. Pero confiaba en tener más tiempo.

—También yo pensaba que sería así, pero como tú mismo me enseñaste, «el fin del día está cerca cuando incluso la sombra de los hombres pequeños es alargada».

—¡Sigue siendo un bello adagio!

—Siento molestarte de esta forma.

—No te preocupes: *fukusui bon ni kaerazu*, ¿no?

—El agua derramada nunca vuelve a la vasija.

—Y mi naturaleza siempre ha sido nómada.

—Lo sé, y espero que siempre lo sea.

—Siempre lo será, querido. Siempre.

42

Llamaron al timbre y se quedaron esperando.

Las últimas gotas, sacudidas por un débil viento, caían desde los árboles hasta el asfalto. Hacía un par de horas que había dejado de llover, pero el cielo seguía siendo de un gris intenso, modelado por nubarrones que, al fin, rendían un reconocimiento a la naturaleza móvil y primaveral de la estación. Los toques de un campanario acababan de anunciar el mediodía.

—¿Sí? —preguntó la misma voz que la vez anterior.

—Policía —respondió Isa.

La mujer dudó, tal vez por educación.

—El señor no está en casa.

—¿Adónde ha ido?

—No lo sé.

—¡Y una mierda «no lo sé»! ¿No te has enterado de que somos de la policía o qué?

La mujer se quedó callada. Corso, que había estado esperando, apoyado en el Polar, se puso delante. Isa se apartó.

—No se preocupe, señora, solo queremos hacerle unas preguntas. ¿Podría abrirnos, por favor?

—No puedo. Si el señor no está en casa, no puedo abrir.

Corso se miró los pies. El cuero de sus sandalias había desteñido y le había manchado la piel.

—¿Podría usted acercarse a la cancela, al menos?

La mujer se lo pensó. Corso consideró que era mejor no dejar que lo sopesase durante demasiado tiempo.

—La esperamos aquí —añadió.

Se apartaron del interfono y volvieron al coche, cada uno al lado donde había dejado la puerta abierta. Isa apoyó en ella los codos, como si estuviera en un alféizar, y escrutó el jardín que se veía más allá de la reja.

—¿Y si es verdad que no está?

—Ya veremos.

—¿Ya veremos qué?

—Por qué no está.

—¡Buena filosofía!

La mujer apareció por la parte más alta del camino. Era como uno se espera que sea una empleada del servicio doméstico: filipina o indonesia, de unos cuarenta y cinco años, de baja estatura, con el pelo negro recogido en una coleta que podría llegarle hasta los glúteos. Nada de uniformes; solo pantalones negros y una camiseta blanca de manga corta. Cuando estuvo cerca de la cancela, Corso se percató de que llevaba en la mano el teléfono inalámbrico.

—Buenos días, Ester.

La mujer se detuvo a un par de pasos de la verja. No parecía demasiado impresionada por haber oído que alguien pronunciaba su nombre. Probablemente lo consideraba una de las muchas estratagemas a las que en aquellos años la había acostumbrado un ejército de vendedores a domicilio.

—Entonces ¿el señor no está en casa?

Ella negó con la cabeza; no, ya se lo había dicho. Calzaba una de esas zapatillas deportivas que se iluminan cada vez que sus suelas tocan el suelo.

—Imagino que no habrá dicho adónde iba ni cuándo piensa volver.

—No lo ha dicho.

Debía de haberse esforzado a fondo para hacer suyo aquel cortés distanciamiento. Las facciones de su rostro eran dulces y sus manos, extraordinariamente bellas. Su dominio del idioma, salvando un ligero acento, era perfecto.

—¿Se ha ido esta mañana?

—Sí.

—¿Muy temprano?

—Muy temprano.

—¿Llevaba maletas?

—Una.

—Una maleta grande, entonces.

Ella asintió. Corso miró a su alrededor, como si aquella conversación no requiriese toda su atención.

—Y se ha ido en taxi, me imagino.

—Sí.

Corso le dedicó aquella tímida sonrisa que durante años había sido una de sus herramientas de trabajo.

—Muchas gracias, Ester, ha sido usted muy amable.

Se subió al coche y esperó a que Isa asumiese que el interrogatorio había terminado. Cuando la chica se decidió a entrar, arrancó y observó los zapatos de la empleada doméstica, que parpadeaban a medida que ella subía por el camino. Su pelo no era tan largo: la coleta en la que lo llevaba recogido se detenía al llegar a los omóplatos.

—Podríamos haberla preguntado adónde se ha ido.

—Podríamos haber*le* preguntado —corrigió Corso mientras giraba la cabeza para dar marcha atrás—. Y no se lo he preguntado porque no lo sabe. Nosotros, en cambio, sí.

—Ah, ¿sí?

—Ha hecho una sola maleta, pero una maleta grande, lo cual nos indica que no tenía mucho tiempo, pero piensa estar fuera una larga temporada. Y ha cogido un taxi, en lugar de su coche, porque se ha ido al aeropuerto.

—¡Entonces vamos a avisar a los compañeros!

—No tenemos una orden judicial y, de todas formas, habrá tomado un vuelo hacia París o Fráncfort. Mañana por la mañana estará ya en Sudamérica o en Asia.

—Entonces ¿nos rendimos?

Corso, con un par de maniobras, salió de aquella explanada y volvió a la vía que, tras unos cientos de metros, los conduciría a la carretera municipal.

—Coge algo para escribir.

Isa se sacó del bolsillo de los vaqueros su agenda electrónica.

—Siete —le indicó Corso.

Avanzaba a poca velocidad, estudiando, a derecha e izquierda, las villas que daban a aquella calle.

—Cuatro —añadió—. Dos.

Isa lo fue apuntando.

En la señal de *stop* Corso se detuvo y se bajó del coche. Isa vio como desaparecía en la esquina y reaparecía inmediatamente después, cruzaba la calle y desaparecía de nuevo tras la verja de la villa que estaba al otro lado.

Cuando, poco más tarde, se volvió a subir al coche, percibió una vez más aquel olor a perro que en el último mes le había hecho dormir mal, leer un par de libros, tocarse a horas insólitas y no digerir bien algunas «ayudas» que hasta aquel momento le habían funcionado de maravilla.

—Ochenta y siete y ochenta y cinco —dijo Corso, y volvió a meter la marcha.

Después de media docena de curvas estaban ya otra vez en medio del tráfico urbano. En el parabrisas aparecieron algunas gotas, pero las nubes en movimiento daban la impresión de no tener tiempo para la lluvia. El cielo que pendía sobre ellos era oceánico, casi majestuoso, y la ciudad parecía contemplarlo desde abajo escéptica, con las ventanas y los balcones abiertos.

Corso se detuvo delante de un edificio bajo con las ventanas protegidas mediante pesadas rejas. Apagó el motor y se volvió hacia la chica.

—Los números que has apuntado son los de las casas que tienen una cámara de vigilancia en la cancela. Comprueba si alguno de sus dueños conserva las grabaciones del último 24 de diciembre. Ha pasado ya mucho tiempo, por lo general las cintas se tiran o se reutilizan, pero a lo mejor tenemos suerte.

La chica lo miró. Parecía estar a punto de darle una bofetada.

—Ya no existen las cintas de vídeo —se limitó a observar—. Todo es digital, aunque eso no cambia nada. ¿Qué coño estamos buscando?

—Una cámara que haya grabado un tramo de la calle.

El teléfono de Isa vibró en el muslo sobre el que lo había apoyado. Ella leyó el nombre en la pantalla y silenció el móvil.

—Es una calle sin salida —continuó Corso— y solo hay unos diez números. Si conseguimos averiguar qué coches pasaron ese día, no debería ser difícil descubrir si alguno de ellos iba a casa de Luda. Bastará con hacer unas llamadas a los demás vecinos y trabajar por exclusión.

—Me parece una idea de mierda y una putada para mí, como de costumbre.

Parecía que Corso no la había oído. Observaba la entrada de lo que en su día debió de ser una fábrica.

—Este es el único banco que hay en la calle que va hasta la villa. Tal vez podríamos echar un vistazo también a sus grabaciones.

Isa miró el edificio. En aquel momento había en su puerta dos hombres con chaqueta e impermeable. Uno era muy mayor; el otro, con su bolso de piel, sus gafas y su pelo peinado con raya, estaba sin lugar a dudas al principio de su carrera.

Era evidente que el anciano le estaba contando algo y que el joven esperaba de él un nombramiento, un puñado de experiencia o cualquier cosa que lo legitimase, o tal vez solo buscase la mera oportunidad de estar con él en la puerta del banco. El viejo tenía un pie apoyado en el escalón de arriba y el otro, en el de abajo, como si en realidad lo estuviesen esperando en alguna otra parte. Probablemente no había ninguna otra parte, pero la edad le había demostrado que no se enseña por irradiación, sino por inducción, lo cual siempre supone cansarse, aburrirse y vaciarse.

—Entonces ¿tú crees que iba a la villa de Luda y que él lo llevaba a la Casa de la Divina Providencia para que viera a Clara Pontremoli? —preguntó Isa.

Corso apartó la mirada de los dos hombres situados delante del banco.

—Eso explicaría por qué el coche aparcado siempre era el de Luda, ¿no?

—Luda iba a la tienda de Tabasso, eso lo hemos comprobado. Además, si Otoñal no quería aparcar en la zona podría haber cogido un taxi o cualquier otro medio de transporte.

—Los taxis tienen registro de llamadas y los autobuses no son su estilo. En cualquier caso, creo que preferían las normas a la casualidad.

—¿Qué coño quieres decir?

—No importa —respondió Corso—. ¿Dónde te dejo?

Recorrieron la carretera que conducía al centro, cada cual sumido en sus propios pensamientos. A lo largo de aquel trayecto el teléfono de Isa sonó un par de veces. Ella lo silenció sin ni siquiera mirar quién era; después, mientras se lo volvía a meter en el bolsillo, rozó con la rodilla, sin querer, la mano de Corso, apoyada en la palanca de cambios. Los dos fingieron que no había pasado nada.

Cuando llegaron a la central de policía se había asomado un timidísimo sol. La calle era estrecha, antigua, y a las dos de la tarde, al mirar hacia arriba, se podía ver la luz encendida en la ventana de Arcadipane y, tras los cristales, el aire de su despacho, ya opaco de humo.

—Te aviso cuando tenga algo —se despidió Isa con la mano en el tirador de la puerta.

—¿Puedo hacerte una pregunta?

La chica se detuvo. A través de la puerta entreabierta del coche se colaba la ciudad con todos sus sonidos. Sonidos modestos, a decir verdad, para una ciudad de aquellas dimensiones. Y reservados, como la propia naturaleza de las calles, de los pasos y de las vidas que los producían.

—Sor Luciana estaba muy enfadada después de mi visita. ¿Cómo conseguiste que te entregase aquellos cuadernos?

Isa se rascó un hombro. Desde la puerta principal algunos compañeros les lanzaban miradas entre inquisidoras e indecentes.

—La conozco —admitió.

Corso estudió su perfil, su nariz irregular, su cuello femenino y grácil y el punto en el que su piel aceitunada se estiraba sobre la clavícula antes de desaparecer bajo la chupa.

—¿De qué la conoces?

Ella miró hacia fuera a través de la ventanilla. En ese momento dos compañeros se reían abiertamente.

—Qué gilipollas —dijo; a continuación abrió el único botón que mantenía cerrada su chaqueta y se levantó la camisa. En el dibujo tatuado en su vientre Corso reconoció una figura.

—Es la Madonna de Caravaggio.

—No lo sé —respondió Isa mientras se remetía la camisa en los pantalones—. La encontré en internet.

Cuando tuvo la ropa recompuesta, los dos se quedaron mirando lo que tenían ante ellos: la puerta de la central, los coches aparcados, las calles adoquinadas, aún brillantes.

—Bueno, ¿no vas a decir nada?

—Estoy un poco sorprendido.

Un coche pasó a su lado y provocó que la pesada carrocería del Polar oscilara.

—Sabes qué es el culto mariano, ¿no? ¡Tú siempre lo sabes todo! Una vez por semana nos reunimos, rezamos, charlamos. Nada del otro mundo. Y una vez al año viajamos a Loreto. ¿O preferirías que trabajase donde tu amiga?

Una gota cayó sobre el parabrisas. Los tres compañeros se habían resguardado en el edificio. Corso mantenía una mano en el volante y la otra, en la palanca de cambio.

—¿Es ahí donde conociste a sor Luciana?

—Sí, pero no significa que tengas que pertenecer a la Iglesia. Además, ¿a ti qué te importa?

—A mí, nada.

—Pues eso —zanjó ella mientras recogía el bolso que estaba a sus pies—. ¿Algo más?

—No.

—Estamos en contacto, entonces.

Corso entró en un bar que había junto a la carretera nacional.

Había pasado muchas veces por delante, pero jamás se había parado en él. No le gustaba el cartel, no le gustaba la explanada que tenía enfrente —ni de tierra ni de asfalto— y ni siquiera le gustaba el Papá Noel hinchable que lucía en la puerta durante las fiestas. Pero ahora le urgía hacer una llamada de teléfono. Su móvil se había quedado sin batería, tenía que pasar por el instituto para una reunión del consejo escolar y llegaría a casa demasiado tarde.

En el local había cinco mesas y un salón reservado en el que se sentaban un hombre y una mujer, aproximadamente de la misma edad. No hablaban; tan solo estaban sentados.

—¿Hay alguien? —preguntó Corso después de haber esperado un poco junto a la barra.

El hombre se asomó, aunque en realidad no era necesario, dado que la pared tenía una celosía.

—Ya va —respondió, y se volvió hacia la mujer. Él llevaba el pelo, de color gris brillante, peinado hacia atrás, como en los años cincuenta, y vestía una chaqueta oscura con dobladillos marrones, casi al estilo del oeste. La mujer que estaba frente a él tenía una permanente convencional, y eso era todo.

Corso estaba ya a punto de irse cuando la mujer se levantó, atravesó el local, pasó hacia el interior de la barra y empezó a atarse el delantal. Corso seguía el movimiento de sus dedos, que trabajaban con mucha calma.

—¿Qué desea? —preguntó la mujer una vez que hubo acabado.

—Un refresco de tamarindo. Y también necesito hacer una llamada de teléfono.

—Tamarindo tenemos, pero no sé si el teléfono funciona. Ya no lo utiliza nadie. Ahora todo el mundo tiene móvil.

—¿Puedo intentarlo?

—Sí, pero se necesita una tarjeta telefónica de cinco o diez euros.

—Deme una de cinco.

—Ya no las fabrican. Le he dicho que ahora todo el mundo tiene móvil. ¿Cuánta agua quiere?

Corso examinó el dedo de jarabe del fondo del vaso.

—Hasta la mitad.

—De todas formas, si es urgente —añadió la mujer mientras vertía el agua—, está el otro teléfono, pero no tiene contador. Tendrá que fiarse del precio que le diga yo al final.

—Me fío —accedió Corso.

—En ese caso, acompáñeme.

La mujer, que, al igual que el aparcamiento, no era ni grande ni pequeña, ni rústica ni sofisticada, ni anciana ni atractiva, pero que en general hacía su trabajo, lo condujo por el pasillo. Pasaron junto al hombre peinado al estilo años cincuenta y junto al baño. Enfrente había un vano sin puerta y, en el interior, el almacén. La mujer se asomó y señaló hacia un punto que Corso no podía ver.

—Tómese el tiempo que necesite —dijo ella.

Corso esperó a que los pasos de la mujer se alejasen.

—Era mejor cuando había teléfonos normales —oyó que decía el hombre.

—Sí —oyó que respondía la mujer—. Es una de las cosas de entonces que eran mejores. —Y después oyó el «plof» que hizo su cuerpo al sentarse en el salón reservado.

Marcó el número haciendo girar el disco del teléfono. Notaba cómo le subía por las piernas ese frío característico de los almacenes, que nace de los objetos que se amontonan cuando no hay necesidad de que queden presentables.

—¡Diga! —respondió la voz de Cesare.

—Soy Bramard, ¿cómo va todo?

—¡Tengo unas bodas de oro, el restaurante lleno de viejos, son casi las tres y todavía no se han ido! Así va todo.

—¿Y Elena?

—Está aquí, atendiendo las mesas.

—¿Me la puedes pasar?

—Espera.

Cesare colocó el auricular en la estantería, lo que dejó a Corso a merced del ruido confuso de las conversaciones y de la vajilla. Volvió casi de inmediato.

—Soy yo otra vez. No quiere hablar contigo.

—¿Está ocupada?

—Está ocupada, pero de todas formas no quiere hablar. Está enfadada contigo.

—Lo entiendo.

—Pues claro.

—¿Qué?

—¡Que claro que lo has entendido! No es tan difícil. Está enfadada contigo. Y, por lo que se ve, tiene motivos de sobra.

—¿Te lo ha contado?

—¡Por supuesto! A mí sí que me habla. ¡No soy yo quien quiere casarla con un viejo!

—El otro día dijiste que era una buena idea.

—Pues depende. Hay que ver cada caso.

—De todas formas, ¿cómo está?

—Ayer habló por teléfono con sus hijos, se ha quedado más tranquila. Están con la abuela. Hace tres meses que no los ve, ¿lo sabías?

—Sí, lo sabía.

—¿Y sabías que su marido no es de fiar?

—Ya me lo imaginaba.

—Tendrías que haberlo pensado bien. Esta chica vale mucho. También Ombretta lo dice.

—¿Quién es Ombretta?

—¡El del estanco!

—Te había dicho que no dejases salir a Elena.

—¡Y no ha salido! Yo tenía que ir a una boda y tú no querías que la dejase sola, así que le pedí a Ombretta que viniera. Se trajo la escopeta, dispara muy bien.

—No hace falta...

—De todas formas estuvieron jugando a las cartas. Ombretta dice que mujeres así... Yo pienso lo mismo. Oye, he vuelto de una boda. Vaya tela las cosas que se ven por ahí. Se casaba mi sobrino de Savona. Yo estaba muy contento hasta que vi al padre de la novia.

—¿Qué pasa?

—Que es enano.

—¿Y qué?

—Que no quiero fotografiarme con un enano.

—¿Por qué?

Cesare dudó. Era evidente que era la primera vez que reflexionaba al respecto.

—No lo sé, pero de todas formas no me he hecho la foto.

Esta vez Corso se quedó callado.

—¿Qué tienes?

—Nada. Dile a Elena que esto no durará mucho tiempo, ¿vale?

—Vale, ni te pregunto qué estás tramando.

—Te lo agradezco.

Cuando entró en casa de su tío, las pocas nubes que quedaban empezaban a teñirse de rojo. El viejo acababa de servirse un plato de sopa. Todavía llevaba puesto el mono azul con la etiqueta del productor de fertilizantes, pero el olor de la col cubría el del estiércol. Colocó otro plato y un segundo vaso.

Durante la primera parte de la cena Corso le contó lo que había sucedido en las últimas semanas, incluida la conversación telefónica con Cesare unas horas antes. El tío se limitó a escuchar.

En la segunda parte se comieron un trozo de queso y guardaron silencio. Corso lo necesitaba: aquel día había hablado mucho, con más de una persona y sin guiar él la conversación. Tres cosas que no le gustaban porque no estaba acostumbrado a ellas, o viceversa.

Cuando terminaron con las nueces, el tío se levantó, se fue al dormitorio y volvió con una vieja caja metálica de galletas, manchada de tierra.

—No me has dicho nada más —comentó—, pero he pensado que le iría bien una limpieza.

43

Desayunó sin prisas, con pan, margarina, café americano y galletas de cereales; después, se concedió media hora de taichí en la terraza, dado que se había levantado casi al amanecer.

El día era luminoso, aunque el cielo no estuviera del todo despejado, y el lago solo se movía por efecto de aquel viento que algunas mañanas parecía caer de los montes, en lugar de bajar de ellos; un fenómeno que le hizo enamorarse inmediatamente de aquel lugar por el sentido de limpieza, orden y renovación que entrañaba.

A las nueve se subió al coche, se dirigió a uno de los tres bancos en los que poseía una caja fuerte, entró, saludó con amabilidad a la señora que se encargaba del acceso al semisótano y, una vez solo en aquella cámara, lo resolvió todo con rapidez.

De nuevo al volante, condujo mientras escuchaba una emisora de música clásica, hasta que, tras pasar la frontera, empezaron a llegar las interferencias de una radio de la zona de Como que retransmitía anuncios inmobiliarios. Entonces apagó la radio e introdujo el CD que Clémentine le había enviado hacía un tiempo: tambores, *pizzicato* con varias cuerdas y la voz de una mujer, aunque solo desde la tercera pista en adelante.

El tramo italiano de la autopista, como de costumbre, era el más transitado e imprevisible, lo cual iba en sintonía con el país: en la circunvalación de Milán, un par de obras ralentizaban el tráfico y, cuando ya pensaba que había superado el nudo de la gran ciudad, se encontró atrapado en una cola kilométrica, sin ni siquiera un paisaje que contemplar.

Cambió de música: escuchó a Debussy y, después, a Satie.

La cola avanzaba muy lentamente y, tras más de una hora de espera, Monticelli empezó a ver las señales que anunciaban un accidente y la reducción del número de carriles.

Doscientos metros más allá, un enorme camión cargado de cerdos había atravesado el guardarraíl y había caído en una acequia, al otro lado del carril de emergencia. La única explicación posible era que el conductor se hubiese quedado dormido, dado que en el accidente no había ningún otro vehículo implicado. El impacto contra el terraplén había sido tan violento que la unidad tractora del camión se había soltado y había terminado a unos diez metros de distancia, con el dispositivo de acoplamiento arrancado de cuajo.

Monticelli pasó junto a aquella escena. Dos patrullas estaban intentando, con la ayuda de varios automovilistas, retirar los cerdos muertos para poder despejar el carril. En la ambulancia se atendía al conductor del camión.

Monticelli bajó la ventanilla y escuchó los gritos de los animales que aún estaban aprisionados en la chapa. Otros cerdos, sin embargo, estaban comiendo en el prado situado entre la autopista y una nave industrial, indiferentes al sufrimiento de sus semejantes. Ni los policías ni las personas que estaban prestando ayuda se ocupaban de los primeros ni de los segundos: solo pensaban en los cadáveres.

Monticelli consideró que aquella imagen era extremadamente posmoderna y sonrió. De repente le entraron ganas de tomar un segundo café, así que se paró en el primer restaurante de carretera que encontró. Llegó a la salida de Desenzano con al menos dos horas de retraso.

Solo había estado una vez en aquella ciudad, muchos años antes, pero recordó sin problema la carretera, igual que recordaba los olivos y el lago que se divisaba a lo lejos.

Paró junto a la verja de hierro, bajo la mirada de dos cámaras de vigilancia, y esperó a que ocurriese algo.

No tardó en llegar un hombre. Probablemente estaba en una garita junto a la entrada, porque Monticelli no le había visto avanzar por el camino.

—Dígame.

—Querría hablar con el senador —informó Monticelli, que había bajado del coche y estaba estirando las piernas—. Sin embargo, me temo que no he concertado cita con él.

El hombre tenía el cráneo brillante y llevaba unas gafas de sol de corte demasiado femenino para su corpulencia y su traje azul. Además, el sol ya casi se había ocultado por completo.

—En estos días el senador no recibe a nadie.

—¡Entonces no tiene importancia que no haya concertado cita!

El hombre meditó al respecto, y después repitió: «El senador no recibe a nadie».

—Dígale que tengo que hablarle de las bellas durmientes.

El guardia dio un paso hacia la verja, convencido de que no le había oído bien.

—Me parece —añadió Monticelli mientras le daba la espalda para contemplar el paisaje situado frente a la ciudad— que al senador no le gustaría saber que he venido aquí para nada.

Oyó que los pasos del guardia se alejaban sobre la grava. Se metió las manos en los bolsillos y esperó. Prefería su lago, aunque fuese pequeño, frío y menos accidentado, al igual que prefería a veces cenar en casa, con ropa cómoda, en lugar de ir a un restaurante. Además, los olivos le parecían sobrevalorados. No era que no le gustasen, pero se exageraba claramente su aura de sabiduría y de fuerza.

La verja se abrió. Monticelli se subió al coche y recorrió el camino.

Al fondo lo estaba esperando otro individuo,

más o menos de la misma complexión robusta que el primero, pero sin gafas de sol, y vestido más como un mayordomo que como una guardaespaldas.

Monticelli salió del automóvil, llevando consigo el sobre grande que había viajado junto a él, en el asiento del copiloto.

—El senador solo puede atenderle unos minutos —le advirtió el hombre.

—Serán suficientes —respondió Monticelli.

En el vestíbulo, subieron un tramo de escaleras que conducía hasta la zona de los dormitorios. La villa, que imitaba modestamente el estilo arquitectónico del palladianismo, era silenciosa, con ventanas abiertas y suelos cubiertos por refinadas alfombras. El mobiliario, sin pompa ni ostentación, compuesto por algunas piezas antiguas y otras de los años cincuenta, era característico de esas casas que han pertenecido a una única y longeva familia.

El hombre se detuvo junto a una puerta y dio a entender que allí terminaba el territorio sobre el que tenía competencia. Monticelli se asomó.

La sala, amplia y casi cuadrada, tenía las paredes forradas en papel pintado inglés, con flores un tanto desteñidas, y una bóveda cuyos frescos reproducían escenas mitológicas de caza más bien vulgares.

Monticelli avanzó hacia la cama de hierro forjado que había en el centro, bajo la vigilancia de un hombre de la misma estirpe que los dos que había visto antes. En aquella habitación se encontraban también un joven de bata blanca, con aspecto de médico, y un hombre de más edad, encorvado e insignificante, que estaba sentado ante un secreter, ocupado en organizar papeles.

Junto al cabecero se había dispuesto una silla vacía.

Monticelli se sentó en ella.

El viejo que yacía en el lecho tenía la cara cubierta por una mascarilla de oxígeno. No quedaba mucho de él, exceptuando algo de pelo —de un gris abatido—, dos enormes orejas, una nariz afilada y unos ojos, ellos sí, combativos.

Al verlos, Monticelli pensó en las llamas de un fuego que había proporcionado luz y calor, que tal vez incluso había destruido y devastado, pero que ahora languidecía, limitándose a existir.

—Buenas tardes, senador —saludó—. Imagino que no me recuerda.

El viejo fijó la mirada en él, sin negar ni asentir. Su pecho subía y bajaba con la fragilidad de una corteza de pan. Junto al lecho colgaba una bolsa de orina.

—En cualquier caso —sonrió Monticelli—, últimamente un amigo común nuestro ha tenido bastantes problemas debido a una vieja historia. No son más que malentendidos, estoy seguro de que usted estará de acuerdo conmigo.

El senador miró a uno de los dos hombres que se encontraban tras él.

—Por eso —continuó, indiferente, Monticelli— he pensado en traerle esta carpeta. Bastará con que le eche un vistazo para comprender de qué se trata.

El hombre del secreter se acercó. En aquella habitación no había alfombras, probablemente para evitar el polvo y los ácaros, dado que las condiciones de su ocupante no permitían airear la sala de forma periódica.

El hombre, que vestía una chaqueta de paño sobre un jersey de cuello alto pasado de moda, cogió el sobre que Monticelli le tendía, lo abrió y revisó por encima algunos de los folios que contenía; a continuación se inclinó hacia el viejo de la cama y le susurró algo al oído. Pocas palabras.

Monticelli se puso de pie y sonrió.

—Puede quedárselo. Tengo varias copias, guardadas en lugares seguros. Se mantendrán en ellos mientras él se encuentre en perfecto estado de salud. De lo contrario, una serie de automatismos que escapan a mi control las pondrán a disposición de la prensa y de los tribunales, que, como usted sabe, no brillan precisamente ni por su discreción ni por su respeto a la edad. —Permaneció de pie delante de la cama, mirando al senador a los ojos, durante el tiempo necesario para comprobar si había comprendido todos los antecedentes y consecuentes que implicaba aquel discurso—. Cuídese —se despidió, con una ligera reverencia, cuando estuvo seguro de que lo había entendido.

Por la tarde, en el camino de vuelta, salió de la autopista y buscó un restaurante que le parecía recordar. En efecto, allí seguía la antigua casa del guardavía, convertida en establecimiento hotelero, con un cartel algo actualizado, las mismas glicinias sobre el cenador y la mesa donde ya se había sentado antes, siempre en la misma esquina.

Mientras esperaba a que le sirvieran el plato de entrantes calientes, pensó en encenderse un puro, pero dos mesas más allá había una pareja con un niño de unos dos años, así que se contuvo. Sobre el cenador, la noche tomaba poco a poco una tonalidad cobalto y las primeras estrellas asomaban por el este. La camarera cortaba el pan en un carrito auxiliar.

Monticelli observó su figura de espaldas; era delgada, con pantalones azules y camiseta blanca ajustados. Si no fuera por su larga melena negra, habría podido confundirla con un adolescente que por primera vez en su vida se hubiese vestido «de mayor».

Una descarga eléctrica le recorrió los brazos, le atravesó las muñecas decididas y se apagó en sus manos.

«Cosas de juventud», sonrió para sus adentros.

A continuación, del bolsillo de la chaqueta que había dejado, doblada, en la silla de al lado, sacó su cuaderno y buscó la última página. Tachó, como siempre con un trazo muy cuidado, el cuarto elemento de la lista: «Seguro».

Ya solo quedaba uno.

44

A la misma hora, dos días más tarde, Corso subía las escaleras de un bloque de pisos sin ascensor, situado en el corazón del barrio de Porta Palazzo. Las instrucciones que había recibido decían que tenía que llegar a la séptima y última planta, atravesar el pasillo y llamar a la puerta de la tercera buhardilla.

Corso siguió aquellas indicaciones. El bloque, que en sus tiempos debió de ser digno y con detalles de buen gusto, se había quedado a merced del abandono y de los malos hábitos. La caja con raticida a un metro de sus sandalias lo resumía todo.

Cuando llamó a la puerta, Isa la abrió inmediatamente, como si estuviese ya detrás de ella, y enseguida se dio la vuelta para regresar al sitio del que había llegado.

Corso entró. A su izquierda colgaban de una barra de hierro varios pantalones, la chupa que ya conocía y varias camisas. Un poco más allá, una estantería repleta de revistas, ropa blanca y camisetas. Debajo, las botas impermeables y un par de zapatos para el trabajo.

Isa estaba sentada a la mesa, descalza, vestida tan solo con una camiseta de tirantes y unos pantalones de pijama de hombre. Una lámpara iluminaba la encimera, en la que había dos ordenadores, una placa eléctrica y una tostadora. Las dos ventanas de la buhardilla estaban tapadas con bolsas de basura, a modo de cortinas.

Cuando la chica sintió que Corso estaba a su espalda, sacó de debajo de la mesa un taburete que tenía la misma altura que un tambor de detergente.

—Siéntate.

Efectivamente, se trataba de un antiguo paquete de detergente Dash.

—Lo he reforzado, no se va a romper.

Corso se sentó. Sobre la mesa había crema de pistacho, un tubo de leche condensada y una caja medio vacía de castañas confitadas.

—Te lo enseño —propuso Isa.

Mientras la joven manejaba el teclado, Corso se fijó en los lunares de su espalda. Se veían pequeños y oscuros sobre la piel —clara y sumamente suave— de aquella parte de su cuerpo.

—Esta es la cámara de vigilancia de la villa con el número 4. Las demás no conservan las imágenes o solo enfocan la cancela.

Corso se concentró en la pantalla de uno de los dos ordenadores. El encuadre de la cámara mostraba, desde arriba, una cancela corredera y una parte del carril. Abajo, a la derecha, aparecía un temporizador en pleno funcionamiento.

De repente algo entró en la imagen e Isa, con un clic, lo detuvo.

—He comprobado el modelo y la matrícula —explicó—. Es el Opel de Luda. Por tanto, se fue de casa a las 15.32 del día 24 de diciembre.

Corso acercó los ojos al monitor. En el campo de la imagen se veían las puertas y la parte inferior de las ventanillas de un coche pequeño de color burdeos. En la matrícula posterior solo podían leerse los tres últimos números.

—Retrocede un poco —le pidió.

El coche retrocedió a pequeños impulsos, hasta detenerse en la parte delantera.

Corso señaló la sombra oscura que aparecía justo encima de la puerta. Isa cogió una de las castañas confitadas y se la metió en la boca.

—Sí, yo también lo había visto —respondió mientras encendía el otro ordenador—. Es un pasajero.

Corso se apartó el pelo de la frente. En ese momento se dio cuenta de que en aquella habitación olía a caramelo y a ropa que no se había secado bien. Echó un vistazo a los pósteres que cubrían el metro y medio de las paredes: conciertos, una reproducción de Kahlo, la fotografía ampliada de una célula, la virgen que Isa se había tatuado en el vientre y varias motos sobre las que aparecían mujeres rubias, semidesnudas y con gafas de sol.

—Para sacar esto —comentó la chica— he tenido que dejarme la vista.

Corso dirigió la atención hacia la otra pantalla, recién encendida.

—Entre las siete de la mañana de aquel día y las tres y media de la tarde, hora en la que Luda bajó a la ciudad acompañado de alguien, pasaron por aquella calle trece coches. Ninguna de las matrículas aparece completa, pero he cotejado los números que se pueden leer y los modelos, y he llamado por teléfono a los vecinos para hacer una serie de comprobaciones: cuatro vehículos son propiedad de gente que vive allí y otros siete pertenecen a personas que habían ido de visita. Por tanto, es seguro que los dos que faltan fueron a casa de Luda.

El temporizador de la parte inferior de la imagen empezó a correr y, tras unos segundos, apareció en el encuadre un coche blanco, del que, como en el caso anterior, solo podía distinguirse la parte de abajo. Isa congeló la imagen. El temporizador indicaba que eran las 10.32.15.

—Es un Fiorino. Los tres números de la matrícula me han llevado hasta una empresa de mantenimiento. Los he llamado y me han confirmado que aquella mañana fueron a casa de Luda para reparar la cancela eléctrica, que, por lo que parece, no se abría del todo. Dicen que tardaron como máximo una hora. Lo he comprobado: efectivamente, el Fiorino se va hacia mediodía.

Pulsó un par de botones. La pantalla se oscureció y luego volvió a mostrar la cancela y la calle.

—Lo que llega ahora, en cambio, es nuestro objeto misterioso.

El temporizador arrancó a partir de las 13.06. Un instante después un coche oscuro atravesó el campo visual, subiendo la calle. Isa volvió a congelar la imagen a las 13.06.38. Igual que en el caso del Fiorino, solo se veían las puertas, una parte de la matrícula delantera y una esquina del parabrisas.

—¿Es un Audi?

—Sí, un A6 o quizá un A8. Solo se leen los tres últimos números. Además, se ve esto...

Corso apoyó los codos en sus rodillas y miró de cerca.

—¿Puedes ampliar la imagen?

—Un poco, pero pierde nitidez. ¿Lo ves? Podría ser una hoja o una mancha.

Corso se percató de un movimiento a su derecha.

En aquel momento, de debajo de un edredón apareció la cara de una chica. A pesar de sus ojos entrecerrados, parecía a punto de levantarse; entonces emitió un gemido de renuncia y se dejó caer, inmóvil, con el rímel marchito sobre el rostro y un labio hinchado.

—¿Qué le ha pasado?

Isa no había apartado los ojos de la pantalla.

—No lo sé —se limitó a decir—. Ha vuelto así.

—A lo mejor tendrías que llevarla al hospital.

—Que le den, yo ya le dije que no fuera a esa *rave*. —Se metió en la boca otra castaña confitada—. Yo creo que no es una hoja, ni tampoco una mancha.

Corso siguió mirando a la chica. Parecía que el

olor a caramelo procedía de ella. Después volvió a ocuparse del coche oscuro y de aquella cosa que aparecía a la derecha de los números.

—Retrocede un poco.

—¡Pero así ya no se verá la matrícula!

—Sí, ya lo sé. Detén la imagen en la puerta del coche.

Isa lo hizo.

Corso apoyó un codo en la mesa.

—¿Ves esa cosa cuadrada en el parabrisas?

—Sí —respondió Isa—. ¿Qué es? ¿Un reflejo?

—¿Me puedes buscar imágenes de matrículas suizas?

Isa se quedó un instante con los dedos suspendidos sobre el teclado; luego procedió. Apareció una página de matrículas automovilísticas de Suiza.

—Después del número se añade el escudo del cantón —constató Corso.

—¿Y qué?

—Que lo que vemos en el parabrisas podría ser la *vignette*.

—¿Qué es eso?

—Es la pegatina que hay que tener para viajar por las autopistas suizas. Si el coche tiene una *vignette* y detrás de los números de matrícula hay un elemento que parece un escudo, es posible que esté matriculado en Suiza.

Isa lo miró con la misma expresión de fastidio con la que —solo entonces se dio cuenta— la gente la miraba a ella cada vez que abría la boca, y de repente comprendió la naturaleza irremediable del rencor que siempre la había rodeado y su elección, igualmente inevitable, de convertirlo en una fortaleza.

—Aun cuando fuese así —se limitó a decir—, en la imagen no se distingue qué escudo es.

Corso señaló con el dedo algo situado en la parte izquierda de la página.

—¿Estos son los escudos de los cantones?

—Sí.

—Da la impresión de que el que aparece en la matrícula es blanco y negro. Si excluimos los escudos a color, ¿cuántos quedarían?

Isa deslizó los ojos sobre aquellos símbolos, organizados en dos columnas.

—Cuatro —concluyó—. Tal vez cinco.

Corso se levantó, se metió las manos en los bolsillos y dio unos pasos alrededor de la mesa, pero al otro lado el suelo estaba cubierto por cables eléctricos y el techo era demasiado bajo. Se detuvo, con la cabeza ligeramente encogida entre los hombros.

—Un Audi azul, tres números de la matrícula y cinco posibles cantones —resumió—. ¿Crees que podrás conseguirlo?

Isa lo miró durante mucho más tiempo de lo que lo había hecho nunca.

En aquel momento la otra chica soltó uno de esos gemidos que emiten los cachorros ciegos e indefensos: lo más parecido a un «por favor» que puede producir el reino animal.

Isa le lanzó una rápida mirada.

—¿Eso ha sido ella?

Corso indicó con la cabeza que no, aunque aquel «no» era bastante complejo.

Isa bajó la mirada hacia la placa con remaches que, en uno de los reposabrazos de su sillón, indicaba que se trataba de un objeto propiedad de la policía del Estado. La torturó con la uña del dedo pulgar envuelto en cinta; después se encogió de hombros.

—Tampoco yo.

Cuando Corso se fue, cogió la última castaña confitada de la caja, la comprimió contra su paladar y se puso a trabajar.

45

Desde el amanecer el día vino acompañado de un sol ligero, que las nubes rozaron en algunos momentos, pero sin llegar a cubrirlo nunca. Un día de junio largo y pleno, sin imprevistos de agua o de viento. Así, cuando, a las nueve de la noche, Cesare entró en la cocina y se sentó a la mesa preparada para dos, el aire que se posaba sobre los viejos objetos de la estancia aún era cálido y prometedor.

—¿Qué tal te ha ido? —preguntó.

Elena estaba removiendo con una cuchara de madera el contenido de una cacerola: olor a huevo, a ajo y a sal. Se había dado cuenta de la presencia del viejo, como se daba cuenta de todo sin mostrarlo. Era lo primero que a Cesare le había gustado de ella: se trataba de una de esas mujeres que hablan poco.

—Bien —respondió—. Nada.

Cesare cortó dos rebanadas de pan y las acercó a los platos. Entretanto, la mujer llevó a la mesa la cacerola y una sartén.

—¿Vino?

Ella asintió mientras dividía la tortilla en cuatro trozos. Se había peinado con una coleta, como cuando trabajaba en el restaurante. El único momento en el que la veía con el pelo suelto era por la mañana, cuando desayunaban, muy temprano.

—¿Alguna vez te ha llevado a escalar? Porque este... —Cesare hizo un gesto girando la mano junto a su sien.

Elena dijo que no. Le sirvió la tortilla, además de dos cucharadas de verduras, y después se puso la misma cantidad de comida en su propio plato.

—Hemos ido a un puerto de montaña.

—¿El Colle del Lis?

Ahora los dos estaban sentados.

—No.

—¿El Colle della Battagliola?

—Sí, quizá el Battagliola.

Cesare se llevó a la boca la tortilla junto con un trozo de pan negro que había roto con los dedos. Entre la verdura brillaba el blanco de un diente de ajo.

—¿Sabes cómo se llama este tipo de tortilla? —preguntó.

Elena también estaba comiendo. Negó con la cabeza.

—*Rugnusa*. Siempre me hago una los días de descanso. Le pongo todo lo que ha sobrado en el restaurante. Pero te ha salido bien, mejor que a mí.

Elena señaló con la cabeza la verdura.

—Muy buena. ¿Qué lleva, aparte de remolacha?

—Ajo y anchoas.

—Muy buena —repitió Cesare—. ¿Se lo has dicho?

Elena bebió un sorbo de vino.

—Le he dicho que cuando vuelva iré a hablar con ese señor.

—¿Y él?

Ella se encogió de hombros.

Cesare se masajeó la pierna derecha. Con el entretiempo empezaba a dolerle, y por eso vestía de pana hasta en pleno verano: la edad le había enseñado a no dejarse llevar por el entusiasmo.

—Por lo menos habría podido entrar —comentó—. Tengo que devolverle unos libros.

—Le han llamado por teléfono. Ha dicho que tenía que volver inmediatamente.

—¿Quién le ha llamado?

—No lo sé, creo que una compañera de la policía.

Cesare miró a Elena, con su belleza de santa Bárbara, indiferente y quieta, y dirigió luego la mirada a la ventana que daba a la calle. Después de que la gente que trabajaba en el valle hubiera vuelto a casa, podía pasar la noche entera sin que ningún coche cruzase por la zona.

—Lo conozco desde hace treinta años —recordó—. Hay poca gente tan inteligente y tan buena como él, pero no está hecho para vivir entre personas. A lo mejor hubiese cambiado si su mujer... Pero después de lo que pasó... Yo también me volví así cuando faltó Adele. Por eso él y yo nos entendemos bien, pero para otras personas... ¿Quieres más vino?

Elena indicó con un gesto que no tomaría más. Cesare volvió a dejar la botella sobre la mesa tras rellenar su copa. Siguieron comiendo en silencio, como en los días anteriores, aunque entonces habían cenado abajo, entre los últimos clientes de la tarde y los que llegaban pronto para la cena.

El local no tenía horarios ni días de descanso preestablecidos. Cesare iba decidiendo sobre la marcha. El sábado y el domingo habían tenido unas bodas de oro y una confirmación, además de los turistas que, con el buen tiempo, empezaban a llegar. Pero luego cerró dos días seguidos. Nadie había llamado para hacer una reserva. Si alguien quería presentarse de improviso, pues peor para él. No pasaba nada. Su idea era que aquel año fuera el último. Después pararía, pero no traspasaría el local ni tampoco la licencia. Tenía ya setenta y tres años, un perro achacoso y ninguna intención de hacerse con uno nuevo. Tampoco tenía hijos, y sin hijos y sin un perro como es debido, un restaurante no es nada.

¿Y si una mujer como Elena le tocase a él, en lugar de a otro?

Ya se lo había planteado: tenerla en el trabajo y también en casa. Para que le hiciese compañía, se sobreentiende, porque a ciertas edades es mejor no ponerse a hacer el ridículo. Aunque, de todas formas, por mucho que le gustase aquella mujer, ni siquiera con ella mantendría abierto el restaurante. Ya estaba decidido: aguantaría como máximo aquel verano. Después seguiría viviendo en el piso situado encima del local, cuidaría el huerto, le pediría a Corso más libros y estudiaría mejor la televisión. ¡Había tantos canales que todavía no conocía! Tendría tiempo para ellos. Tal vez alquilaría el local para la fiesta de las tropas alpinas o para la de la Cruz Roja, si se lo pedían, pero solo para que le diese un poco el aire. Ni siquiera bajaría a ver qué estaban haciendo. ¡Que se las apañasen solitos! Ellos tenían gente para cocinar y atender las mesas. Él se quedaría arriba. O también podían pedir ayuda en la casa parroquial.

—¿Conociste a su mujer?

Cesare tardó un poco en volver de los pensamientos en los que se había enredado. Elena, mientras, casi había terminado su plato. Comía rapidísimo, como todos aquellos que consideran que este acto es un asunto meramente práctico.

—La vi varias veces —reconoció—, pero por aquellos años él venía menos, casi siempre solo.

—¿Cómo era?

Cesare cortó un trozo de tortilla.

—Francesa. —Se encogió de hombros—. A mí nunca me han gustado los franceses. Sobre todo los hombres, que son unos holgazanes, aunque también las mujeres... De todas formas, cuando ella venía, prácticamente solo hablaba con Adele, que me decía que era una buena persona. Pero es que a Adele le caía bien todo el mundo. Hasta le pedía al cura que subiese a casa para bendecirla a escondidas, con tal de no contradecirle. Creo que era maestra. Pero eso no quiere decir...

Se levantó para llevar el plato al fregadero. Habían acordado que se turnarían para lavar los platos y esa noche le tocaba a él. Había un lavavajillas, pero nunca lo encendía. No le gustaba su ruido. Sin embargo, antes de empezar aquella tarea colocó sobre la mesa una botella de licor de genipí y dos tazas pequeñas.

—¿Tú crees que está metido en algún lío? —preguntó mientras volvía a sentarse.

Elena respondió que no lo sabía y siguió comiendo.

Cesare sirvió un dedo de aquel licor, que él había elaborado metiendo en alcohol las plantas de genipí que Corso había recogido el verano pasado y filtrándolas después. Olía bien y era digestivo. Le sirvió un dedo también a Elena.

—Esta noche retransmiten las carreras de camellos de Dubái —anunció—. Por si te apetece.

46

—¿Cuál es?

—El veinticinco.

—¿De los rojos o de los blancos?

—De los rojos, coño, ese que... ¡Pero haz ese puto pase!

Corso miró al chico, bajo y compacto, que corría a duras penas detrás del larguirucho que acababa de robarle el balón. Parecía que mover aquellas piernas rechonchas suponía para él un enorme esfuerzo, pero en su rostro adolescente había grabada una impasible determinación. Nada que ver con el placer del juego. Más bien el atávico deber de quien está destinado a ganar sufriendo. De hecho, ahora le arrebataba la pelota al larguirucho y se la pasaba a un compañero, uno de esos que, igual que el larguirucho, debía de pertenecer a la categoría de quienes pueden tanto perder el balón como hacer con él algo memorable, pero, en cualquier caso, siempre sin esfuerzo.

Corso se desabotonó la chaqueta, que le tiraba demasiado en la espalda. La mañana estaba nublada, pero no amenazaba lluvia: simplemente el sol parecía dispuesto a permanecer todo el día detrás de las nubes. El termómetro del rótulo de la farmacia que había frente al polideportivo marcaba diecinueve grados.

—¿Ves a ese? —señaló Arcadipane.

—¿Al del pelo largo?

—Dejemos aparte el pelo —respondió, molesto, el comisario—. De aquí a un par de años estará en la liga de la Serie A. Tiracini, acuérdate. Ya me dirás si me equivoco o no.

—Me acordaré. ¿Tienes novedades?

Arcadipane se puso en pie de un salto.

—¡Vuelve! —gritó—. ¡Vuelve! —El cuerpo tenso, como si fuese uno de los dos defensores que se habían quedado atrás para responder al contraataque.

Entre el centenar de personas posadas sobre las gradas de cemento en bruto, quienes gritaban eran sobre todo los hombres. Salvando un par de madres, las mujeres se limitaban a interrumpir sus conversaciones de cuando en cuando para aplaudir o manifestar una moderada decepción. Corso siempre había odiado el fútbol, sobre todo como espectador. Para él solo había tres cosas peores: ir al campo de tiro para los ejercicios reglamentarios, leer el horóscopo y tener que esperar mucho tiempo a que estuviese lista la comida. En cambio, Arcadipane, ya en la época en la que era su subordinado directo, se concedía cada mañana media hora para debatir los titulares de *La Gazetta dello Sport* con sus compañeros. Como casi todos los italianos del sur, era de la Juventus, y como casi todos los italianos en general, no veía ningún problema en que su hijo jugase en un equipo vinculado al Toro, su club rival.

—¡Muy bien, coño! ¡Muy bien! —Rio bien alto, con sarcasmo—. ¡No la pases! ¡No la pases! —Después se sentó, con sus grandes manos abandonadas sobre las rodillas. También los demás padres estaban recuperando las formas. Las mujeres habían retomado sus conversaciones.

—¿Y...? —quiso saber Corso.

Arcadipane permaneció un momento con la boca abierta, pero el saque acabó en la banalidad de un córner.

—Luda está en Camboya —explicó a regañadientes—, donde, como no saben ni leer ni escribir, no tienen acuerdos de extradición. En cambio, para el otro asunto nos hemos pasado tres días peleándonos con los griegos, hasta que hemos descubierto que no se puede hacer ningún análisis de ADN: el féretro está vacío.

Corso se pasó un dedo por la barba. Sabía que en los últimos días Arcadipane no había pensado en otra cosa que no fuera localizar a Luda y presionar a los griegos para que realizasen la exhumación. Y también sabía que, desde la conversación telefónica de la noche anterior, se moría de ganas de descubrir qué tenía que decirle. Todo lo demás era folclore: un sureño pequeño y peludo no podía mostrarse demasiado diligente, sobre todo en la policía.

—Bueno, ¿qué? —lo pinchó el comisario—. ¿Con qué quieres tocarme los cojones incluso un sábado?

Corso se sacó del bolsillo una gominola de regaliz y se la llevó a la boca.

—¿Te acuerdas de aquella idea de las cámaras de vigilancia?

—Una gilipollez.

—Tenemos un nombre y una dirección.

—¿«Tenemos»? ¿Quiénes?

—Isa y yo, por ahora.

Arcadipane siguió con interés desproporcionado al pequeño de la camiseta roja, que estaba colocando la pelota junto al banderín de córner. El sol casi parecía dispuesto a cambiar de idea: tal vez la tarde sería diferente.

—Entonces ¿has venido a informar a las autoridades? —preguntó.

El chico dio unos pasos atrás para coger carrerilla. Su melena de color amarillo pajizo le confería el aspecto de una mujercita recién recuperada de una larga enfermedad.

—A decir verdad —repuso Corso—, he venido a ver jugar al fútbol al hijo de un amigo.

—Bien. —Arcadipane se rascó el muslo—. Porque si esto fuese una conversación oficial, debería recordarte que, como ciudadano, tienes el deber de facilitar a la policía cualquier dato que sea útil. Y que si un agente oficial descubriese que no tienes intención de hacerlo, estará obligado a aplicar todas las medidas que estén en su mano, desde el aviso hasta la denuncia, pasando por la detención o por cualquier otra medida de carácter cautelar, para impedir que obstaculices las investigaciones o incurras en infracciones o delitos aún más graves.

El rubio chutó. Un sonido sordo y violento, inesperado para su delgadez; a continuación seis o siete jugadores saltaron; una cabeza subió un palmo más alto que las demás y consiguió desviar la trayectoria del balón, que primero golpeó el terreno de juego, después un poste y, por fin, la red. Una parte de los espectadores se puso en pie de un salto, exultantes.

—¿Y si esta conversación no fuese oficial? —quiso saber Corso.

Arcadipane se sacó los cigarrillos Muratti del bolsillo, se colocó uno de ellos entre los labios y lo encendió. Los jugadores que vestían camisetas rojas abrazaban al larguirucho, que había conseguido meter el balón en la portería.

—Te diría que es una gilipollez y tu situación no sería mucho mejor.

Corso estudió al joven Arcadipane mientras volvía a su zona del campo junto con sus compañeros. Decir que había crecido hubiera sido una idiotez. Hacía diez años que no lo veía, y en diez años un niño no crece: se transforma.

—Entonces es una suerte que solo haya venido para ver jugar a Giovanni —respondió.

Arcadipane miró cómo su hijo perseguía a un adversario por la banda, intentaba arrebatarle el balón, tiraba un saque de banda y, después, se levantaba, se colocaba una espinillera y volvía a su posición.

—¡Qué cojones tan bien puestos tiene! —sentenció—. ¡Si fuese un palmo más alto...!

47

Jean-Claude Monticelli abrió la puerta corredera y entró en la habitación.

El espacio estaba reducido a lo esencial: un suelo de fibra de coco, paredes color crema, un techo bajo de madera clara y, al otro lado del ventanal, una noche oscura y matérica, tan solo rota por el reflejo de las luces en el lago.

Se dirigió hacia la mesa y encendió la lámpara de pie. Sobre el banco de trabajo —una encimera de viejos tablones de madera apoyados sobre caballetes de metal— estaban dispuestos, en semicírculo, una decena de bonsáis.

Se sentó, extrajo del bolsillo de su camisa —amplia, por fuera de los pantalones— unas gafas de montura plateada y estudió las plantas con la calma con la que antaño un hombre importante habría evaluado a las muchachas del pueblo, convocadas en el patio de su palacio. Por fin atrajo hacia sí el *Ficus benjamina* de su derecha.

Estudió sus ramas, su tamaño y su color, y a continuación tocó la tierra, primero con los dedos, después con una aguja de punta hueca. Cuando terminó, limpió el instrumento con un trapo y se levantó.

En una estantería industrial había una vieja caja de madera oscura y un equipo de audio de alta definición, del mismo color. Monticelli abrió la caja y sacó de ella un paño de terciopelo enrollado; a continuación encendió el equipo de música y regresó a la mesa.

«*The door it opened slowly* —empezó a cantar Cohen—, *my father he came in, I was nine years old.*»

Monticelli deshizo el lazo de la cuerda que sujetaba el paquete y sobre el azul del terciopelo brillaron unos veinte instrumentos: pinzas, cizallas, bisturíes, cuchillas de hoja simple y cuchillas de hoja de sierra, con unas dimensiones tan reducidas que podría pensarse que se trataba de las herramientas de un fabricante de barcos encerrados en botellas.

«*I've had a vision and you know I'm strong and holy, I must do what I've been told.*»

Monticelli sacó el ficus de su maceta con una delicada determinación. Limpió las raíces con un cepillo para eliminar cualquier resto de tierra, cortó allí donde consideró que era necesario y, una vez recolocada la planta, empezó a rodearla de sustrato nuevo.

—La gente piensa que la naturaleza trabaja para alcanzar la perfección —dijo—, pero no es así.

Apartó el ficus y se volvió hacia Corso, que lo estaba observando desde la puerta, con los brazos abandonados a los costados del cuerpo y la Luger sujeta en la mano izquierda.

«*Then my father built an altar, he looked once behind his shoulder, he knew I would not hide.*»

—Y por eso —sonrió Monticelli— algunos de nosotros estamos aquí. ¡Para escuchar a la belleza que está pidiendo que alguien la libere!

Se volvió de nuevo hacia la mesa, extrajo otro bonsái de su maceta y empezó a recomponer sus raíces, igual que había hecho con el anterior.

—No es un trabajo que exija un gran esfuerzo, seamos sinceros: la belleza casi siempre está aprisionada en una sutil membrana. Se trata sencillamente de eliminar un poco o de añadir menos aún, pero, eso sí, hay que tener la firmeza necesaria para hacerlo del modo adecuado y en el momento oportuno.

Tomó una de las pinzas de mayor tamaño y cortó el extremo de una raíz que mostraba signos de putrefacción.

«*You who build these altars now to sacrifice these children, you must not do it anymore.*»

—No hay que esperar que todo el mundo lo entienda. La mayoría de la gente corre hacia los museos para ver los cuadros de Van Gogh, pero en el fondo lo único que recuerda después es que era un enfermo mental que se cortó una oreja, hizo sufrir a los suyos y pintó burdas obras infantiles. Tú, en cambio, lo comprendiste desde el primer momento. No sin el dolor, que a menudo es necesario; pero lo comprendiste. Por eso ha sido estimulante dialogar contigo durante todos estos años.

El agua al otro lado del ventanal se agitó al paso de una barca. Los reflejos de las luces bailaron a un ritmo más enérgico.

«A scheme is not a vision and you never have been tempted.»

Corso observó cómo los reflejos se iban calmando poco a poco; después el cristal volvió a devolverle la imagen de un hombre con camisa blanca, sereno, espléndido, ocupado en cuidar una pequeña planta, y la de un hombre que estaba tras él, endurecido, cansado, con el pelo demasiado largo para su edad y un arma en la mano izquierda.

—Hay muchas dudas en ti —asintió Monticelli devolviéndole la mirada en el cristal—. Por eso estás aquí. No por venganza ni por sentido de la justicia, como has intentado hacerles creer a todos. Pero sabes que la respuesta a todas tus preguntas es solo una. Lo que sucede, ¿sucede en nombre de la belleza? Lo que sucede, ¿produce una belleza superior al sacrificio? La respuesta es sí.

Apartó el bonsái y lo observó, como si valorara su composición.

—Si quieres buscar otras razones, eres libre de hacerlo, pero te encontrarás en el desierto por el que caminan la mayoría de las personas. Y eso sería un desperdicio y una humillación para mentes como las nuestras.

Sonó una alarma en la casa: una señal breve, discreta, regular.

Monticelli se levantó. Como si su propio brazo y el cuerpo de aquel hombre estuviesen unidos por un hilo, Corso alzó la Luger. Monticelli se detuvo.

«When I lay upon a mountain and my father's hand was trembling with the beauty of the word.»

—¿Me permites?

Corso le clavó sus ojos fríos y, sin embargo, dolientes: la firmeza que podía leerse en ellos recordaba a la de ciertos reyes paganos, representados en las iglesias por sus actos de crueldad y, al mismo tiempo, misericordia. La señal continuaba, monótona, somnolienta, sin la fuerza necesaria para imponerse al sonido de la canción.

«And if you call me brother now, forgive me if I enquire, just according to whose plan?»

Corso retrocedió, con el arma levantada. Monticelli bajó el volumen del equipo de música y se dirigió a la puerta. Cuando la cruzó, el cañón de la Luger casi le rozó la sien. Corso siguió apuntando al hombre, que se acercó al escritorio de la otra habitación, encendió la lámpara y se sentó delante del ordenador.

—¡Ya pensaba que me habías dado plantón! —exclamó una voz de mujer joven.

Monticelli sonrió, con el rostro amarillento por la reverberación de la pantalla, que se había iluminado.

—Jamás haría eso —respondió—. ¿Cómo te ha ido?

—Así, así. Una de las mujeres ha decidido dejar el programa. Parece que su marido la ha obligado a hacerlo. Sheila dice que en estos casos es mejor no insistir. Empeoraría las cosas.

—Puede que tenga razón.

—Lo sé, pero es un asco.

—No puedes hacerlo todo tú, África es grande.

Corso se percató de que la mujer que estaba hablando con Monticelli sonreía, aunque no podía verla.

—¿Estás escuchando música? —preguntó ella.

—Sí.

—¿Clásica o Cohen?

—Cohen.

—¿Sabes que lo echo de menos?

—¡Pero si no lo soportabas!

—Pues digamos que ahora echo de menos estar allí contigo, mirando el lago, a pesar de la música.

—¡Mentirosa! Te morías del aburrimiento. Y el lago, también.

Rieron. Corso observó los dientes perfectos de Monticelli. En la época en la que hacía muchos interrogatorios descubrió una relación entre el dominio de uno mismo y la dentadura. Escribió sus conclusiones al respecto en un cuaderno de pocas páginas. Lo quemó.

—¿Cuándo vas a la ciudad? —quiso saber Monticelli.

—No lo sé —contestó la chica—. Está previsto que el martes o el miércoles llegue material, pero no es seguro.

—Pásate por el hotel, hay una carta esperándote.

—¿Tuya?

—Sí. En el sobre encontrarás un billete de avión a tu nombre. Necesito que a finales de mes vengas por aquí unos días.

—¿Qué pasa?

—Nada, en la carta te lo explico todo.

—¿Por qué no me lo explicas ahora? Si no, me voy a quedar preocupada.

Monticelli separó la cámara de la parte superior de la pantalla, en la que estaba apoyada.

—¿Qué haces? —preguntó la joven—. ¿Por qué la mueves?

—Espera —le pidió Monticelli—. Pongo aquí la cámara. —Y la colocó sobre una pila de libros de arte chino, orientándola hacia él—. ¿Me ves?

—Sí. Pero ¿qué te pasa? ¡Esta noche estás muy raro!

Monticelli giró el ordenador para que también Corso pudiese ver la pantalla.

—Nada —la tranquilizó—. Mi rareza no es mayor de lo habitual.

Corso miró a la chica, que era bella, con esa belleza sencilla de los veinte años: pelo corto, ojos verdes, labios no idénticos, mejillas aún voluminosas. Solo sus pómulos un poco salientes la convertían ya en adulta, en una persona capaz de dar, además de tomar; en una persona peligrosa.

—¿A qué viene tanto misterio? —quiso saber la joven—. ¿Qué dice la carta?

—Nada de lo que tengas que preocuparte —la calmó Monticelli—. Te hablo de un amigo.

—¿De qué amigo?

Monticelli volvió la mirada a Corso.

—¿Papá?

Los dos hombres se miraban.

—¿Papá?

—Sí —respondió Monticelli mientras volvía a posar los ojos en la cámara.

—¿No te habrás vuelto gay?

—No. —Monticelli rio—. No hay ningún cambio de acera.

También la chica se rio; después se puso de perfil, tal vez para comprobar que nadie la veía, y se acarició la curva del cuello.

Corso sintió cómo una larga corriente de electricidad le recorría las piernas.

Una noche, muchos años atrás, Michelle y él estaban sentados fuera de la tienda de campaña, en la playa de una isla del mar Tirreno. El cielo estaba ya casi oscuro, eran jóvenes, se estaban riendo y Michelle se volvió para recorrer con la mirada una valla hecha de cañas; una empalizada sin poesía, construida tan solo para proporcionar protección frente al viento. Después levantó una mano y se acarició el cuello. La misma ligereza, el mismo perfil.

Corso notó que la Luger se volvía infinitamente pesada. Y, para no bajarla, se apoyó en el marco de la puerta.

—Me parece que has bebido esta noche. —La chica seguía riéndose y se estaba secando un ojo con el dorso de la mano.

—Un poco —asintió Monticelli—. Pero ahora tengo que irme. Te mando un abrazo enorme.

—¿Seguro que va todo bien, papá?

—Seguro... —Monticelli sonrió y, por primera vez, su voz se quebró—. Acuérdate de que te quiero mucho.

—Ya veré si me acuerdo. —Ella rio de nuevo.

—Un beso.

—Un beso.

Corso vio que la pantalla se oscurecía mientras la joven se llevaba los dedos a los labios. Un instante, y todo se volvió negro. La voz de Cohen había dejado de llenar la estancia, pero no habría sabido decir desde cuándo.

—Sentémonos fuera —propuso Monticelli—. Los dos necesitamos beber algo.

48

Lo encontró recostado sobre una de las dos tumbonas, con las manos en la nuca y los ojos fijos en la masa negra del lago. Entre las sillas, una pequeña mesa en la que había dos vasos, una bolsa de tela, un sobre y una botella.

Corso se acercó.

Monticelli vertió dos dedos de brandy en los vasos. La luz que recortaba su silueta provenía de la lámpara de la habitación que estaba a su espalda.

—Siéntate —dijo.

Corso permaneció de pie. Sentía el lago agazapado bajo los tablones de madera, como un animal elástico y peligroso.

—Llevamos mucho tiempo esperando este encuentro —reconoció Monticelli—, así que, si estás de acuerdo, voy a evitar estropearlo con banalidades. Los dos sabemos que quien tiene dinero puede estar muerto cuando no lo está, cultivar con discreción sus propios vicios y hasta apropiarse de hijos que no ha traído a este mundo.

Corso miró las colinas y después las montañas, hasta llegar al punto en el que el negro correspondía ya al cielo.

—¿Qué sabe ella?

—¿Clémentine?

—Martina.

—Ah, sí —admitió Monticelli con un gesto vago—. Sabe que su madre murió cuando ella nació y que yo me encargué de cuidarla. Ha sido estimulante crear la vida de una mujer que nunca he tenido. Proporcionar algunos amigos de la familia, fotografías, algunos parientes lejanos...

Corso le apuntó con la Luger. Monticelli se acercó el vaso a los labios y bebió un sorbo.

—Todavía no —advirtió volviendo a colocar el vaso en la mesa. Después cogió el sobre y lo tiró sobre la silla que se había quedado vacía—. Aquí están las llaves del sótano. En él encontrarás cinco bombonas de gas y un viejo hornillo. Bastará con que lo enciendas y abras las bombonas. Tendrás cuatro minutos para llegar al coche y marcharte. Por la casa también he distribuido bidones de gasolina para que el trabajo no se quede a medio hacer. Las explosiones siempre son imprevisibles.

—Se detuvo entonces para tomar un poco más de brandy—. En cuanto a la investigación —añadió, con un chasquido de labios—, no te preocupes. Un médico y un abogado tienen los expedientes clínicos que certifican el avanzado estado de mi enfermedad. Se los entregarán a los investigadores. Mi gesto, por trágico que sea, parecerá totalmente razonable. He dado instrucciones para que mis bienes pasen a Clém... A Martina —se corrigió—. Se trata de un patrimonio satisfactorio. Por lo demás, en la carta le hablo de ti como un viejo amigo al que puede pedir consejo. —Vació el vaso y se volvió para buscar los ojos de Corso por encima de la Luger—. Desde luego, puedes optar por contárselo todo, el ADN te dará la razón, pero no creo que sea bueno para ella saber quién era de verdad el hombre con el que ha crecido y al que quiere como a un padre. Así pues, comisario Bramard, mi consejo —extendió una mano para abrir la bolsa de tela que contenía la pistola— es que enciendas ese hornillo, que te vayas y que disfrutes de tu hija, aunque ella no sepa que lo es.

—¡Alto! —gritó Corso.

Monticelli respiró profundamente el aire de la noche y lo exhaló con una larga espiración.

—En el sobre —añadió señalando la mesa— está la fotografía de una persona a la que no conoces, pero cuya marcha, creo, podrá facilitarle la vida a alguien a quien quieres. En cuanto al tema de las *belles ronfleuses*, he dispuesto que nadie vuelva a molestarte. Tómalo como un regalo por todos los años en los que me has perseguido. Ha sido una bellísima partida.

—Si no fuera por aquel pelo en el sobre no estaría aquí.

Monticelli se encogió de hombros.

—Una pequeña compensación. Por otra parte, yo partía de una posición de ventaja. Además, a fin de cuentas, lo único que importa es siempre la belleza, y tú has hecho que mi vida sea maravillosa.

Déspués se acercó a la sien la pistola, una Beretta, y disparó.

Corso bajó entonces la Luger y se quedó contemplando la estela roja que iba dejando sobre el respaldo la cabeza de Monticelli a medida que resbalaba hacia un lado, con una lentitud teatral. Una mujer a la que había amado, una hija a la que había perdido y veinte años de preguntas: todo estaba en aquella mancha roja que en poco tiempo se oxidaría, oscureciéndose y perdiendo su calor.

Se puso en cuclillas y observó el lago, que chapoteaba entre las grietas del suelo; después cogió el sobre.

En su interior encontró la llave, una cámara Polaroid y una tarjeta en la que aparecían anotadas una fecha, el nombre de un aeropuerto, un número de vuelo y una hora de llegada. En la Polaroid: un hombre con un disparo en la frente.

—¡Por Dios, Adrián! —exclamó al ver el periódico rumano que tenía sobre el pecho.

Volvió a entrar en la casa y subió a la planta de arriba, donde había dos dormitorios, ambos con vistas al lago. Uno, con lo mínimo: un futón, muebles bajos de madera de cerezo, pequeñas esculturas modernas y grabados chinos en las paredes. El otro, con los signos de una adolescencia reciente: Nirvana, Freud, el Che Guevara, Basaglia, Martin Luther King y Patti Smith; muchos CD, dos ordenadores portátiles y, en las repisas, libros de texto, apuntes de la universidad y álbumes de fotografías.

Corso estuvo a punto de coger uno, pero no lo hizo.

Echó un vistazo al bidón de cinco litros que había en el centro del parqué, idéntico al que ya había visto en las escaleras, y salió.

Cuando llegó al sótano, no le costó encontrar la habitación. Abrió con la llave la puerta metálica. En el interior estaban las bombonas de gas y el hornillo de camping; en las paredes, sobre enormes paneles rígidos, las fotos de las seis mujeres, con el blanco y el negro de sus espaldas grabadas como en un rito fúnebre que requiriese un refinado pasaporte para acceder al Hades. Nada más, aparte de un mechero junto al hornillo.

Se sentó en el suelo, apoyado contra la pared de cemento, y escuchó el susurro de las hojas que se colaba por las ventanas que daban al patio. Lo escuchó durante mucho tiempo, un tiempo que empleó para pensar en los dos caminos que se abrían ante él: en la simplicidad de uno y en la tortuosidad del otro; en el silencio que permitía el primero y en la enorme cantidad de palabras que exigiría el segundo.

Después un pájaro nocturno empezó a cantar a lo lejos, y en aquel monótono lamento Corso reconoció sus últimos veinte años: transcurridos en una habitación como aquella, con la espalda de aquellas mujeres siempre ante sus ojos, con el frío del cemento en sus huesos y con una bombona en el centro de la estancia como alternativa.

Así, como un preso que descubre con espanto que empieza a preferir el interior al exterior, se levantó tambaleándose, salió de la celda y subió las escaleras.

Buscó el teléfono y marcó el número. En el portarretratos que había sobre el escritorio, la imagen de una chica de trece años que no era la que había visto aquella noche en la pantalla, pero que se estaba convirtiendo ya en ella. Junto al papel para las cartas, una Montblanc.

Arcadipane respondió al tercer tono.

—¿Sí?

—Soy Corso.

Silencio. Voz de mujer. «¿Quién es?» «Nadie, duerme, me voy para allá.» Pasos. Una puerta que se cierra. Silencio.

—¿Corso?

—Sí.

—¿Has hecho lo que no debías hacer?

—Creo que no.

—De acuerdo. Entonces llama a la policía suiza, si es que existe. Yo te mando ahora mismo a alguien.

49

Monica sacó un cigarrillo del paquete que durante todo ese tiempo había mantenido en la mano y lo encendió. El humo de la primera bocanada trepó por los montantes de la escalera de incendios en la que se habían refugiado.

—No sé qué decir. Esto es... —Dejó de hablar cuando oyó unos pasos que subían.

Eran dos chicas de cuarto curso: una era gorda; la otra llevaba bajo el brazo un libro de ejercicios para el examen teórico de conducir.

Cuando se percataron de la presencia de Monica y Corso, escondieron los cigarrillos en las manos y se deslizaron entre ambos como si avanzaran entre dos cactus.

—¡Esto es una escalera de emergencia, coño! —les gritó Monica—. ¡Os voy a llevar ante la directora y me encargaré de que os sancionen!

Los pasos de las dos chicas se aceleraron hasta llegar a la puerta contraincendios del piso de arriba, que los alumnos mantenían entreabierta introduciendo un bolígrafo en la cerradura.

—¡Vete a tomar por culo! —dijeron entre dientes, mientras la puerta se cerraba.

—¡Gilipollas! —gritó Monica; después dio un par de caladas sin apartarse en ningún momento el filtro de los labios.

—Tengo un millón de preguntas —reconoció—, pero imagino que por ahora me tengo que contentar con lo que me has contado, ¿verdad?

—Creo que sí.

—Que, de todas formas, es mucho...

—Bastante.

—No se puede resolver todo el primer día, ¿verdad que no?

Corso asintió.

—De acuerdo —respondió ella mientras tiraba lo que quedaba del cigarrillo.

Subieron hasta la última planta, en la que Monica había bloqueado la puerta con una horquilla. Cuando entraron se la volvió a poner en el pelo, se cubrió la cara y empezó a sollozar.

—Perdona —se disculpó—. Parezco una idiota. El que debe de estar conmocionado eres tú, pero...

Se secó las mejillas. Entretanto sonó la campana.

—De todas formas, te quiero pedir una cosa. ¿Me dejas?

—De acuerdo.

—¿Me juras que no te vas a enfadar?

—No me voy a enfadar.

—Cuando vayas al aeropuerto... —Lo miró

vacilante——. Porque irás, ¿no? No tienes que decidirlo ahora, lo entiendo, pero bueno, si no quieres ir solo, acuérdate de que puedes pedírmelo, ¿vale? Pedirme que te acompañe. En cualquier momento. Aunque me avises solo con cinco minutos de antelación, ¿vale?

——Me lo pensaré ——aceptó Corso——. Ahora me siento...

——¡Claro que sí! ¿Cómo no vas a sentirte confuso? Ni siquiera sé cómo lo haces para seguir aquí. ¡Yo estaría sobrecogida por el horror y por la felicidad y por todo lo demás! ¡Es que ni sabría...!

Dejó de hablar; sus manos buscaban en el aire algo que decir; después rodeó el cuello de Corso con los brazos y lo estrechó contra su cuerpo.

Corso levantó tímidamente los brazos hasta sentir bajo sus dedos la espalda de ella, estremecida por los sollozos. En el tiempo que permaneció así, con el cuello mojado por sus lágrimas, le pareció estar desenterrando algo que llevaba muchos años sepultado, y que, aunque no estaba intacto, quizá aún podía utilizarse.

——Ha sonado la campana ——dijo entonces.

——¡Sí! ——confirmó Monica mientras deshacía el abrazo; después intentó limpiarse con un pañuelo de papel el maquillaje que le había corrido por las mejillas, pero el remedio fue aún peor. Lo intuyó y se echó a reír, sin conseguir parar del todo su llanto y sin dejar de sorberse la nariz.

——¡Ah! ——Arrugó el pañuelo hasta convertirlo

en una pelota—. Hay novedades del caso Lafleur. ¿Quieres saberlas?

—Solo si son buenas.

—Finalmente la han depilado y sus compañeros de natación han dejado de reírse de ella.

—Bien. ¿Dónde está la trampa?

Monica se encogió de hombros.

—En dos meses la casan. Estamos invitados.

Al entrar en la clase se encontró a los alumnos apoyados en los alféizares. Las únicas que estaban sentadas en su sitio eran dos jóvenes, ocupadas en confiarse secretos sobre un folio escrito a lápiz. Un chico y una chica se peleaban cerca de los percheros vacíos. Ella tenía mucho pecho y él, el pelo rizado: eran mellizos.

Corso se sentó en el estrado, sacó la lista de alumnos y empezó a apuntar a los ausentes mientras todos afluían hacia las mesas con aire de rebaño.

Cuando vio que estaban sentados, se levantó y se acercó a la ventana.

En la calle, un chico miraba hacia la escuela, con la espalda apoyada en uno de los plataneros. Tenía los pantalones sucios de cal y calzaba zapatos de seguridad. Corso recordó que dos años antes lo veía por los pasillos junto a los demás.

—¿Hoy damos primero Historia o Lengua? —preguntó uno de los estudiantes.

Corso siguió mirando al chico que estaba apoyado en el platanero: ahora dirigía un saludo hacia el edificio.

—Annarumma —preguntó—, ¿qué podrías decirme sobre el cuadro que vimos en el libro el otro día?

La chica deslizó rápidamente su móvil bajo la mesa y cogió el libro de su compañera de al lado.

Mientras buscaba la página, Corso siguió escuchando el sonido que había oído desde el primer día que entró en una clase. Había tardado muchos años en descubrir de qué se trataba, pero ahora sabía que procedía de las cabezas de los alumnos, cuando tenían que arrinconar los pensamientos que les importaban para dejar espacio a aquellos que estaban obligados a atender. Un ruido similar al llanto de una gran cancela automática que, debido a algún guijarro que se ha introducido en su mecanismo de guiado, se queda bloqueada.

—Prácticamente —comenzó Annarumma— en España estaban los comunistas, y Hitler no quería que estuvieran allí, así que decidió bombardearlos, también para probar sus armas. El pintor prácticamente estaba en aquel bombardeo y pintó el pueblo tal y como se quedó después. De hecho, hay una mujer con un niño muerto y trozos de cuerpos, un caballo y un toro que representa la corrida y una lámpara que es el símbolo del progreso.

Corso miró la espalda del chico que se alejaba ya por la calle, en dirección al tajo. En una de las clases del colegio de primaria de enfrente, una mujer escribía en la pizarra, volviéndose de vez en cuando hacia los niños. A Corso le pareció que sus manos seguían el ritmo de una música.

—Pero si estuvieses delante de ese cuadro, ¿qué pensarías? —quiso saber.

—Habría que ver cómo es de grande.

Alguien se rio.

—Más o menos como cuatro veces la pizarra —aclaró Corso.

La maestra había dejado de escribir y estaba caminando entre los niños, inclinados sobre sus cuadernos. Cuando llegó cerca de la ventana, Corso reconoció a la mujer que veía a veces esperando el autobús, bajo la marquesina. Una mujer seca y un tanto gris, que ahora, sin embargo, le parecía hermosa.

—Si es así de grande —reflexionó Annarumma—, tal vez pensaría que las bombas son malas, pero que, al final, la vida continúa.

Corso esperó a que el murmullo de la clase se apagase y buscó en el aire el silbido de la cancela.

Cuando se percató de que ya no estaba, se volvió hacia Annarumma y asintió. Después sacó las manos de los bolsillos, recogió el trozo de tiza que tres días antes había dejado en el alféizar y se dirigió hacia la pizarra.

50

Dos horas más tarde pedía carne muy poco hecha y medio litro de vino en el restaurante de la carretera que conducía a su casa. Cuando se terminó el plato descubrió que tenía un apetito inesperado y pidió también un arroz con setas.

Mientras él, dos operarios, una pareja y un camionero comían, la propietaria del local organizaba los albaranes de sus proveedores. Corso examinó los brazos de la mujer, algo cansados. El delantal. El pelo recogido. Los pechos aún firmes, aunque caídos, y otros signos que el tiempo había ido depositando sobre ella.

Era la primera mujer con la que había hecho el amor, treinta y cinco años atrás.

De aquella noche recordaba el crujido de sus pantalones sobre la hierba y la música lejana de la feria del pueblo. Ella llevaba una blusa casi londinense y trabajaba en una empresa de pasta y comida enlatada. Él estaba en el segundo curso de la universidad y no le había dicho a nadie que ya tenía preparados los formularios para solicitar su ingreso en la policía. A ella no le gustaban los uniformes, así que todo iba bien.

Llevaban varias semanas estudiándose: la curiosidad de saber cómo eran bajo la ropa. Aquello duró un verano. Cuando volvieron a verse en otoño, delante de un cine, él en uniforme y ella con el hombre que ahora estaba en la cocina del restaurante, se trataron de usted.

Corso se acercó a la barra, pagó y la saludó con un «hola» que, con el tiempo, habían recuperado.

Afuera el cielo estaba gris y lleno de ensenadas. Seguramente llovería. En una esquina de la plaza había una cabina de teléfono.

Corso se dirigió hacia ella, introdujo dos monedas y marcó el número.

Esperó.

—¿Elena?

Notas

Las citas de las páginas 42, 124 y 311-314 se han tomado de Cohen, Leonard, *Story of Isaac*. Letra y música de Leonard Cohen. Copyright © 1969, by Sony/ATV Songs LLC. Gestionado por Sony/ATV Music Publishing LLC. Todos los derechos reservados para todos los países. Reproducido con la autorización de Hal Leonard Europe Srl *obo* Hal Leonard LLC.

Las citas de las páginas 112-113 se han extraído de Ferrer, Nino, *Le Télèfon*. Copyright © 1967, Edizioni Leonardi - Milano. Arpege Beuscher.

La cita de la página 150 se ha tomado de Montale, Eugenio, «Meriggiare pallido e assorto», en *Ossi di seppia*, Mondadori, Milán, 2016 (la traducción al castellano se ha extraído de Fernández, Guillermo, *Poesía Moderna, 165. Material de Lectura*, Universidad Nacional Autónoma de México, México D. F., 1991).

La cita de la página 192 corresponde a Shakespeare, William, *Otello*, en *I capolavori*, traducción al italiano de Cesare Vico Lodovici, Einaudi, Turín, 1954, acto *V*, escena *II* (la traducción al castellano es de Pujante, Ángel-Luis, *Otelo*, Universidad de Murcia, Secretariado de Publicaciones, Murcia, 1989).

Las citas de las páginas 199-200 y 262 se han extraído de Kawabata, Yasunari, *La casa delle belle addormentate*, traducción al italiano de Mario Teti, Mondadori, Milán, 1972 (la traducción al castellano se ha tomado de M. C., *La casa de las bellas durmientes*, Seix Barral, Barcelona, 2020. En el fragmento de esta traducción que reproducimos en el capítulo 40 no se habla de «*chiri tsubaki*», sino de «camelia», pero nos hemos permitido sustituir esta denominación por su nombre científico para que la cita cobre más sentido en el contexto de la trama).

Las citas de las páginas 205 y 206 son de Saba, Umberto, «Ritratto della mia bambina», en *Tutte le poesie*, Mondadori, Milán, 1988 (la traducción al castellano se ha tomado de la versión de Isnardi, Hernán A., «Retrato de mi niña», *La máquina del tiempo*, <https://lamaquinadeltiempo.com/online/sabao11/>).

Descubre la serie protagonizada por el inspector Bramard

«Uno de los grandes valores de la nueva novela negra italiana.»
Juan Carlos Galindo, *El País*